AF542317

L'AUBERGE

DES ADRETS,

MÉLODRAME, EN TROIS ACTES, A SPECTACLE,

DE MM. BENJAMIN, SAINT-AMAND ET POLYANTHE;

MUSIQUE DE M. ADRIEN;

BALLETS DE M. MAXIMIEN;

DÉCORS DE MM. JOANNIS ET DESFONTAINES.

REPRÉSENTÉ POUR LA PREMIÈRE FOIS, A PARIS, SUR LE THÉATRE DE L'AMBIGU-COMIQUE, LE 6 DÉCEMBRE 1823.

DEUXIÈME ÉDITION,
conforme à la représentation.

PRIX : 1 FR.
AVEC UNE LITHOGRAPHIE.

PARIS,

POLLET, LIBRAIRE-ÉDITEUR DE PIÈCES DE THÉATRE,
RUE DU TEMPLE, N°. 36, VIS-A-VIS LA RUE CHAPON.

1823.

PERSONNAGES.	ACTEURS.
MARIE, pauvre Femme	Mlle. Lévesque.
DUMONT, Aubergiste	M. Baron.
CHARLES, son fils adoptif	M. Gustave.
GERMEUIL, Cultivateur	M. Boisselot.
CLÉMENTINE, sa fille	Mlle. Olivier.
RÉMOND, Anciens camarades.	M. Frédérick.
BERTRAND, Anciens camarades.	M. Firmin.
PIERRE, Garçon d'auberge	M. Paul.
ROGER, Brigadier de Dragons	M. Gilbert.
Un Garçon d'Auberge	M. Joly.
Un Notaire.	
Paysans des deux sexes.	
Dragons.	

La scène se passe à l'Auberge des Adrets, sur la route de Grenoble à Chambéry.

Vû au Ministère de l'Intérieur, conformément à la décision de S. Ex., en date de ce jour.

Paris, le 31 *Mai* 1823.

Par ordre de son Excellence,

Le Chef adjoint au Bureau des Théâtres,

Coupart.

F.-P.-Hardy, imprimeur, rue Neuve-St.-Médéric, n°. 44

L'AUBERGE
DES ADRETS,

MÉLODRAME EN TROIS ACTES, A SPECTACLE.

Le Théâtre représente la cour de l'auberge de Dumont. Elle est fermée au fond, par une haute haie, au milieu de laquelle est pratiquée une porte d'entrée. A gauche de l'acteur, l'entrée de l'auberge; au premier plan, du même côté, la porte d'un caveau; à gauche, des arbres, sous lesquels sont placés des tables.

SCENE PREMIÈRE.

PIERRE, GARÇONS D'AUBERGE.

(*Au lever du rideau, les garçons de l'auberge sont occupés à ranger les tables, d'autres boivent. A l'arrivée de Pierre, ils restent interdits.*)

PIERRE.

Eh bien! qu'est-ce que vous faites donc là, vous autres?

UN GARÇON.

Ce que nous fesons... rien.

PIERRE.

Comment rien?.. Est-ce que vous croyez que je ne vous ai pas vus?..

UN GARÇON.

Je vous assure bien, monsieur Pierre, que...

PIERRE.

Laissez donc. Est-ce que je ne vous ai pas vu prendre cette bouteille... verser comme ça? (*il se verse*) et puis faire comme ça? (*il boit*) Non, je ne vous ai pas vu... Allons, allons dépêchons-nous. Que tout soit prêt lorsque monsieur Germeuil et sa fille arriveront. Voyons ces tonneaux: placez cette planche dessus. C'est ici que sera l'orchestre... bien, c'est ça. Que de mal, que de mal pour faire marcher tous ces gens là!.. Eh bien! qu'est-ce? Quand vous me regarderez là, les bras ballans, l'ouvrage n'avance pas. N'avez-vous affaire qu'ici? Allez au jardin préparer les bouquets?.. Vous, montez du vin de la cave? — Vous autres, disposez la vaisselle et la batterie de cuisine. Allez donc, mais allez donc plus vîte que ça... Ils me feront perdre la tête. (*Les garçons rentrent dans l'auberge.*)

SCÈNE II.

PIERRE, M. DUMONT, CHARLES.

DUMONT, *qui a entendu les dernières paroles de Pierre.*

Eh bien, Pierre, nos préparatifs avancent-ils? De l'activité, mon garçon!

PIERRE.

Il en faut avec ces gens là, je vous en réponds. Si l'on n'était pas ainsi à les surveiller, le moment arriverait et rien ne serait prêt.

DUMONT.

Je t'ai donné mes pleins pouvoirs, ne néglige rien; ne ménage point la cave, surtout.

PIERRE.

Soyez tranquille, ils ne la ménagent pas non plus, eux.

DUMONT.

Je veux aujourd'hui que les violons, l'amour, le vin vieux et le bonheur mettent tout le monde dans la joie.

CHARLES, *à Dumont.*

Que de bonté! (*à Pierre.*) Tous ces préparatifs te causent bien du tracas, bien de la peine, mon pauvre Pierre?

PIERRE.

Bon! laissez donc; le mouvement est utile à ma santé. Et d'ailleurs, pour d'aussi bons maîtres, il n'est rien qu'on ne fasse. Eh ben! monsieur Charles, le voilà donc arrivé ce fameux jour! C'est aujourd'hui que M. Germeuil vous amène votre prétendue, mam'selle Clémentine?

CHARLES.

Hélas!

PIERRE.

Comment diable! à la veille d'épouser celle que vous aimez, vous paraissez triste, inquiet?

CHARLES.

Moi, mon ami; point du tout.

PIERRE.

Si fait, si fait. N'est-ce pas not' bourgeois; ne trouvez-vous pas aussi?..

DUMONT.

En effet. Mais j'attribue cette préoccupation à l'importance de l'engagement qu'il va contracter.

PIERRE.

Ah! c'est vrai que c'est bien fait pour causer un peu de tintouin. C'est pas que j'pense... Ah! mon Dieu! ben au contraire...

DUMONT.

Je pense moi, que tu babilles, tandis qu'il faut agir.

PIERRE.

Ah! pardon... Non, mais c'est que, quand j'parle comme ça, j'm'amuse à jaser, là, et puis... et puis vous avez raison, il me reste encore bien des choses à faire là dedans... Je vous quitte... (*Il rentre.*)

SCENE III.

DUMONT, CHARLES.

DUMONT.

Tu le vois, mon ami, je n'ai point été le seul à m'apercevoir de ta tristesse. Clémentine sera bientot ici; que penserait-elle de son Charles, si elle ne voit pas briller dans tous ses traits la joie que doit lui causer l'heureux événement qui se prépare.

CHARLES.

Ah! lorsque monsieur Germeuil connaîtra le fatal secret que vous m'avez révélé, voudra-t-il encore consentir à mon mariage avec sa fille?

DUMONT.

D'abord, il ne pourrait pas se conclure sans cette confidence, que j'ai peut-être un peu tardé à faire; mais ensuite, Germeuil est trop juste, trop sensé pour partager un préjugé ; il n'en continuera pas moins, je l'espère, à reconnaître en toi l'amant aimé de sa Clémentine, et le vertueux fils de son ancien ami.

CHARLES.

Oh ! oui, votre fils, ce titre m'est bien doux ; mais vous avez détruit mon bonheur en m'apprenant. .

DUMONT.

Je le devais. Il était bien naturel, qu'à toi d'abord, je fisse part d'un secret qui t'intéresse si vivement.

CHARLES.

Puisse-t-il ne pas causer mon malheur !

DUMONT.

De la confiance, mon Charles. Quel autre conviendra mieux pour gendre à Germeuil ? En te mariant, je te cède mon auberge. Tu es jeune, actif, plein d'honneur : la dot que t'apportera Clémentine ne peut manquer de fructifier en tes mains. Va, mon vieil ami désire trop le bonheur de sa fille pour ne pas consentir à cette union.

CHARLES.

Que le ciel réalise votre espoir ! (*On entend le bruit d'une voiture.*

DUMONT.

Mais, qu'entends-je ? Serait-ce déjà nos voyageurs? Oui, je reconnais la carriole.

CHARLES, *qui a été regarder.*

Ce sont eux, c'est Clémentine.

DUMONT.

Holà ! Pierre ! Jacques, François, accourez !

CHARLES, *à part.*

Dans un moment mon sort sera décidé.

SCENE IV.

LES PRÉCÉDENS, PIERRE, GARÇONS D'AUBERGE, GERMEUIL, CLÉMENTINE.

La carriole arrive derrière la haie qui est au fond du théâtre et s'arrête. Germeuil et sa fille en descendent. Cette dernière reste dans le fond pendant que les garçons d'auberge retirent les paquets et les cartons qui sont dans la carriole, Charles reste près de Clémentine.

GERMEUIL, *à Dumont.*

Bonjour, mon cher Dumont, tu ne nous attendais pas si-tôt; n'est-ce pas? Que veux-tu? Clémentine n'y tenait plus. Je crois que pour arriver plus matin, elle m'aurait volontiers fait passer la nuit.

DUMONT.

A la veille d'une nôce on a tant de choses à se dire! Nous connaissons cela, mon ami : nous avons passé par là.

GERMEUIL.

Il n'y a pas jusqu'à ma petite jument Cocotte qui semblait sentir qu'elle nous conduisait à une fête.

DUMONT.

Mais que font-ils donc là bas?

GERMEUIL.

Le débarquement des toilettes! Ton auberge ne sera pas assez grande pour contenir les cartons que nous apportons Je ne suis pas fâché que ce soit une affaire finie! En vérité je ne sais pas comment la tête d'une femme peut résister aux apprêts d'une noce. (*Charles et Clémentine entrent en scène.*)

CLÉMENTINE, *aux garçons.*

Prenez garde de chiffonner ces paquets; surtout, ayez bien soin de ces cartons.

PIERRE.

Soyez tranquille, mam'zelle. (*Il laisse tomber un carton.*)

CLÉMENTINE.

Que faites-vous donc, Pierre?

PIERRE, *en ramassant le carton.*

Soyez tranquille, Mam'zelle, soyez tranquille; ça me connaît. (*Il entre ainsi que les autres garçons emportant les cartons.*)

GERMEUIL, *à sa fille.*

Allons, maintenant que les affaires sérieuses sont terminées, viendras-tu embrasser ton futur beau-père?

CLÉMENTINE, *gaîment.*

De tout mon cœur. (*Elle embrasse Dumont.*)

GERMEUIL.

Et toi, mon Charles, que fais-tu là? Faudra-t-il te donner la permission d'embrasser ta femme?

CHARLES.

M. Germeuil, le titre d'époux de Clémentine est le plus

précieux auquel mon cœur puisse aspirer; cependant l'honneur m'impose la loi de ne point accepter avant que vous ayez entendu mon père; alors vous prononcerez, si vous me trouvez digne, encore, d'obtenir la main de votre fille.

GERMEUIL, *surpris*.

Que veut-il dire?

DUMONT.

Je vais te l'apprendre, pendant que Charles aidera Clémentine dans ses grands rangemens.

CLÉMENTINE.

C'est-à-dire que je ne dois point entendre...

DUMONT.

Plus tard vous saurez tout. (*à Charles.*) Conduis cette belle enfant. Je vous abandonne en toute propriété la petite salle du fond.

GERMEUIL.

Ne tardez point à revenir. (*Charles et Clémentine entrent dans l'Auberge, guidés par Pierre qui vient au-devant d'eux.*)

SCÈNE V.

DUMONT, GERMEUIL.

GERMEUIL.

Nous sommes seuls! Quel est donc ce secret auquel Charles semble attacher une si grande importance?

DUMONT.

Ce n'est pas sans raison, mon ami, qu'il redoutait ce funeste moment, puisque, des révélations que je vais te faire, dépend son sort à venir.

GERMEUIL.

Et toi aussi? Ah! ça, vous me faites trembler! explique-toi...

DUMONT.

Apprends donc ce que tout le monde ignore, et ce que je ne puis te cacher en ce jour: Charles n'est pas mon fils.

GERMEUIL.

Charles, dis tu, n'est pas ton fils?

DUMONT.

Non, mon ami Il y a environ dix-huit à dix-neuf ans, j'étais à Grenoble, alors; j'eus le malheur de perdre à-lafois une épouse chérie et un fils qu'elle venait de mettre au jour. Désespéré de ce coup terrible; je me rendais chez un parent, lorsque dans une auberge où je m'arrêtai, je vis la foule rassemblée autour d'un enfant. Il avait éte déposé entre les mains de l'aubergiste par une pauvre femme, qui depuis ne l'était pas venu reprendre. Je jetai les yeux sur cet enfant que tout le monde repoussait, et séduit par l'idée d'attacher à ma vieillesse un être sensible, qui me devrait tout, je le pris d'abord sous ma protection.

GERMEUIL.

Sans t'informer...

DUMONT.

D'après le rapport de quelques cavaliers qu'on avait mis sur les traces de la mère, cette infortunée, détenue dans les prisons de Grenoble, sans doute pour quelques mauvaises actions, mais que l'on traitait avec moins de rigueur que les autres prisonniers, à cause de son état, avait trouvé le moyen de tromper la vigilance de ses gardiens et s'était échappée.

GERMEUIL.

Et que devint-elle?

DUMONT.

Je l'ignore, on ne pût découvrir sa retraite. Elle sera morte de misère dans quelques pays éloignés.

GERMEUIL.

Et nul indice, nul renseignement...

DUMONT.

Si fait, un papier que je trouvai enveloppé dans les vêtemens, donne à l'enfant le nom de Charles, que je lui ai conservé; ce nom est suivi de celui de Marie et de la lettre B, qui est sans doute la première du nom de famille de sa mère. Depuis ce temps, Charles a passé pour m'appartenir, et je n'ai qu'à m'applaudir d'une résolution qui, en ravissant peut-être un infortuné au crime, m'a rendu le père du plus tendre des fils.

GERMEUIL.

Personne ici, dis-tu, ne connait ce funeste secret...

DUMONT.

Personne.

GERMEUIL.

Et ce parent chez qui tu t'arrêtas?

DUMONT.

Il est mort, il y a environ douze ans.

GERMEUIL.

Je respire !.. touche là mon ami.

DUMONT.

Comment, tu consens.

GERMEUIL.

Charles est toujours pour moi le fils de mon vieil ami. Qui, moi, je punirais un malheureux des fautes de sa mère? Je lui ferais un crime de sa naissance? Non, Charles est vertueux, et ses vertus sont dignes de notre admiration, allons nous occuper du contrat.

DUMONT.

Excellent homme! digne ami! Ah! je n'ai jamais douté de la bonté de ton cœur ; mais à ce dernier trait je sens mes larmes couler... embrassons-nous!

GERMEUIL.

Et quittons cet entretien pour ne jamais le reprendre. Ce secret est mort entre nous deux. Tous les hommes, hélas! ne pensent pas comme nous, et même lorsqu'on se place au-dessus de certains préjugés, la société impose la loi de les respecter.

SCENE VI.

LES PRÉCÉDENS, CHARLES, CLÉMENTINE.

CLÉMENTINE, *elle accourt en entraînant par la main Charles, qui semble la suivre avec crainte.*

Mon bon père, tout est en ordre, et mes robes n'étaient pas même chiffonnées; n'est-il pas vrai, Charles?

DUMONT, *à Charles.*

Eh bien! me croiras-tu, maintenant?

CHARLES.

Quoi, mon père?

GERMEUIL, *lui montrant Clémentine.*

Voilà ta femme.

CHARLES, *vivement et avec expression.*

Est-il possible! je serais assez heureux...

GERMEUIL.

Oui, mon cher ami, voilà ta femme.

CHARLES.

Ah! croyez que ma reconnaissance égalera mon bonheur.

GERMEUIL.

Allons, ne songeons qu'à nous divertir.

CLÉMENTINE.

En vérité, Messieurs, vous êtes fort aimables avec vos conversations. Allez-vous enfin me dire ce que tout cela signifie?

GERMEUIL.

Mon enfant, qu'il te suffise de savoir que la confiance que Charles vient de témoigner à ton père, est une nouvelle preuve de délicatesse, qui le rend encore plus digne de ton estime.

CLÉMENTINE.

Cette assurance me suffit.

DUMONT.

Ah! ça, voyons, songeons à l'essentiel. Charles, cours prévenir nos amis, et tu les amèneras de suite avec toi.

CLÉMENTINE.

Pourquoi donc?

DUMONT.

Comment, pour célébrer votre arrivée en ces lieux: c'est une petite fête impromptue que nous avons préparée, en attendant la noce.

GERMEUIL.

En ce cas, nous allons entrer faire un peu de toilette; c'est que je veux que ton beau-père et ta future te fassent honneur: entends-tu, mon garçon?

CLÉMENTINE, *à Charles.*

Ne soyez pas long-temps absent.

CHARLES.

Dans une minute, ma Clémentine, je serai de retour. (*Charles se retire. Germeuil, Clémentine et Dumont rentrent dans l'auberge.*)

SCÈNE VII.

RÉMOND, BERTRAND.

(*Leurs vêtemens sont couverts de poussière; le deuxième porte un large bandeau noir qui, en lui couvrant un œil, lui cache une partie de la figure.*)

RÉMOND.

Enfin, nous approchons de la frontière.

BERTRAND.

Le ciel en soit béni, car depuis deux jours que nous sommes échappés des prisons de Lyon, je suis dans des trances continuelles. Ces maudits cavaliers couvrent toutes les routes ; en avant, en arrière ; et ils vous regardent !

RÉMOND.

Bah ! la moindre chose te fait trembler comme une femme.

BERTRAND.

Oh ça ! j'avoue en toute humilité que je suis encore à cent lieues de ton impudence et de ton effronterie ; tu marches tête levée, comme si tu étais le plus honnête garçon du monde, toi !

RÉMOND.

Cette assurance écarte les soupçons, et d'ailleurs qu'avons-nous tant à craindre : moi, ce bandeau me rend méconnaissable, nous avons fait trop grande diligence pour craindre les ordres qu'on aurait donnés de nous poursuivre, ensuite nous avons des passe-ports.

BERTRAND.

Que nous devons à mes petits talens.

RÉMOND.

Ils nous ont été fort utiles.

BERTRAND.

Sans doute, mais j'éprouve un frisson involontaire toutes les fois qu'il faut les exhiber. Ces damnés dragons vous examinent avec une attention bien faite vraiment pour troubler une conscience qui n'est pas nette.

RÉMOND.

Il est vrai que je n'ai pu me défendre d'un certain mouvement de crainte, lorsqu'à la dernière brigade, le sous-officier a examiné nos passe-ports ; quand je l'ai vu nous toiser plusieurs fois des pieds à la tête, se pencher à l'oreille de son camarade.

BERTRAND, *frémissant.*

Oh ! je n'avais point une goutte de sang dans les veines

RÉMOND

Eh bien la simple apparence du trouble aurait excité ses soupçons, et qui sait où cela nous menait ? J'ai fait bonne contenance, et il nous a laissé continuer notre route.

BERTRAND.

C'est vrai, mais tiens, je voudrais déjà être en lieu de sûreté.

RÉMOND.

Avant peu nous aurons gagné le Piémont.

BERTRAND.

Jusques là je ne serai pas tranquille.

RÉMOND.

La chaleur est excessive. Voici l'auberge des Adrets, dont je t'ai parlé. Arrêtons-nous y un moment pour nous rafraîchir et prendre des forces.

BERTRAND.

Ah! tu connais ce pays.

RÉMOND, *bas à Bertrand.*

J'y ai travaillé.

BERTRAND.

Raison de plus pour qu'on te reconnaisse. (*Rémond hausse les épaules.*) Je te dis que c'est une imprudence. Si près de la route.

RÉMOND.

C'est ton refrain à chaque pause. J'y suis habitué. (*Il lui prend la main.*) De l'audace.

BERTRAND.

De l'audace! de l'audace, tu ne doutes de rien.

RÉMOND, *appelant et frappant sur une table avec son bâton.*

Holà! quelqu'un!

SCENE VIII.

LES PRÉCÉDENS, PIERRE.

PIERRE, *dans la maison.*

On y va! on y va! (*Il sort.*) Qu'est-ce qui appelle?

RÉMOND.

Ici, l'ami.

PIERRE.

Tiens, l'ami. Il n'est pas gêné celui-là. (*Regardant Rémond et Bertrand.*) Que demandez-vous?

RÉMOND, *d'un air important.*

Fais nous servir de quoi nous rafraîchir.

PIERRE.

Ça suffit.

BERTRAND.

Oui, de quoi nous raffraîchir, et puis manger un morceau.

RÉMOND.

Tu as donc faim.

BERTRAND, *froidement.*

Oui, j'ai faim, (*à Pierre.*) qué qu't'a.

PIERRE.

Monsieur?..

BERTRAND.

Qué qu't'a.

PIERRE, *à Rémond.*

Qu'est-ce qui dit donc ce Monsieur.

RÉMOND.

Y te demande ce que tu as à manger, imbécille.

PIERRE.

Ah! j'y suis... j'y suis... (*riant.*) oui... oui... Monsieur, veut dire qué qu'j'ai... nous avons du canard aux navets avec des petits poids.

BERTRAND, *à Pierre.*

Comment qu't'u dit du canard aux navets, avec des petits poids, c'est donc du canard à la julienne, après...

PIERRE.

Une omelette, une petite salade... Ah! je me souviens nous avons un petit poulet...

BERTRAND.

J'n'aime pas le poulet, (*à Rémond.*) et toi? (*Rémond lui fait signe que non.*) non, (*à Pierre.*) donne nous du fromage de Gruyère.

PIERRE, *après avoir regardé Bertrand.*

Il est bon enfant... y me fait dire la carte pour me demander du fromage de Gruyère, y pouvait ben me le dire tout d'suite...

(*Il reste à les regarder.*)

RÉMOND.

Eh bien! est-ce que tu ne m'as pas entendu?

PIERRE.

Pardonnez-moi; mais c'est que voyez-vous, là dedans, nous sommes un peu embarassés pour le moment, les apprêts d'une noce, d'un festin ..

BERTRAND, *à Rémond.*

Oui ? allons nous-en ailleurs, la cuisine n'est déjà pas si bien montée ici.

PIERRE, *les rappelant.*

Ecoutez-donc, n'vous en allez pas comm' ça, si ça vous est égal; tenez, je vous servirai sous ces arbres.

RÉMOND.

Volontiers, nous le préférons.

PIERRE.

Vous serez bien, vous serez à l'air.

BERTRAND, *à part.*

Ça n'nous f'ra pas de mal, il y a long-temps que nous ne l'avons pris, (*il apperçoit Pierre qui n'a cessé pendant son aparté, de rire en le regardant.*) dis-donc, toi, garçon, va donc faire chauffer ce qu'on te demande.

PIERRE, *riant encore en s'en allant.*

Ah ! ça, mais on t'ils de drôles de mines.

SCENE IX.

RÉMOND, BERTRAND.

RÉMOND, *qui examine les apprêts de la fête.*

Mais en effet; en arrivant, je n'avais pas remarqué... tout semble ici disposé pour une fête; tant mieux, cela nous dissipera. J'aime beaucoup les nôces, moi.

BERTRAND.

Si tu les aimes tant, que ne te mariais-tu ?

RÉMOND.

C'est fait, il y a beau jour.

BERTRAND.

En vérité ! comment diable, tu ne m'as jamais parlé de cela, et ta femme...

REMOND.

Ma femme ! il y a dix-huit ou dix-neuf ans que je l'ai planté là, pour me soustraire à certaines petites poursuites judiciaires.

BERTRAND.

Et depuis ce temps, qu'est elle devenue ?

RÉMOND.

Hein ?..

BERTRAND.

Ce qu'elle est devenue ?

RÉMOND.

Ce qu'elle est devenue ? Je n'en sais rien. Est-ce que ça me regarde.

BERTRAND.

Peut-être que de son côté, elle aura ainsi que toi, fait son chemin !

RÉMOND.

Non, je ne le crois pas. C'était une de ces femmes à principes, une de ces vertus scrupuleuses, qui préfèrent le travail et la misère à l'emploi de nos moyens commodes de faire fortune.

BERTRAND.

Mon ami, cette femme ne te convenait pas du tout; où diable as-tu été chercher une femme comme celle-là ?.. depuis qu'tu l'as quittée tu n'en entendis jamais parler ?

RÉMOND.

Jamais.

BERTRAND.

C'est singulier.

SCÈNE X.

Les Mêmes, PIERRE.

(*Vers la fin de la scène précédente, Pierre a apporté du vin et des verres, et il a préparé un couvert, sans que Rémond et Bertrand s'en soyent apperçus, lorsqu'il a fini, il vient frapper doucement sur l'épaule de Bertrand.*)

PIERRE.

Quand vous voudrez, Messieurs, vous êtes servis.

BERTRAND, *qui en se sentant toucher a fait un mouvement extraordinaire.*)

Ah! mon dieu !.. diable l'emporte.

PIERRE, *surpris.*

Eh bien ! qu'a-t-il donc ?

RÉMOND, *à part, avec humeur à Bertrand.*

Imprudent ! tu vas nous compromettre ?

BERTRAND.

Ecoute-donc, on n'est pas maître de ces choses-là ! J'ai cru que c'était un dragon.

(*Rémond et Bertrand se mettent à table. On entend une musique villageoise.*)

PIERRE.

Tiens, qu'est-ce qui nous arrive-là? (*il va regarder.*) Eh ! mais, ce sont nos jeunes gens, monsieur Charles et les violoneux sont à leur tête, courons prévenir notre monde. (*Il revient à la porte de l'auberge.*) monsieur Germeuil !.. mademoiselle Clémentine ! descendez v'là monsieur Charles !

(*Les villageois et les ménestriers à leur tête, entrent et garnissent la scène. Charles qui les précède est entré dans l'auberge. Il en sort bientôt amenant Dumont, Clémentine et Germeuil.*)

SCÈNE XI.

LES MÊMES, DUMONT, GERMEUIL, CLÉMENTINE, CHARLES, VILLAGEOIS, VILLAGEOISES, MÉNÉTRIERS, etc.

DUMONT.

Eh ! bon jour, mes amis, vous voyez qu'on vous attendait... ah ça ! il nous faut du jarret et de l'appétit... d'abord... voilà un repas et de jolies filles, qui se recommandent à vous, soignez-moi cela.

BALLET.

(*Vers la fin du ballet, on entend du bruit en dehors.*)

PIERRE.

Tiens ! qu'est-ce que j'entends-là ?

(*Charles va au fond.*)

DUMONT.

Qu'est-ce donc?

CHARLES.

Une malheureuse femme que l'on vient de recueillir sur la route, expirant de fatigue et de besoin.

GERMEUIL.

L'infortunée !

CLÉMENTINE.

Il faut lui donner tous les secours...

DUMONT.

Pierre ! vite du vin.

(*On la soigne.*)

CHARLES.

Eh bien ! comment vous trouvez-vous maintenant?

MARIE.

Hélas ! ces secours m'étaient bien nécessaires, car depuis hier matin, je n'avais rien pris.

TOUS.

Pauvre femme !

DUMONT.

Vous n'êtes point de ce pays ?

MARIE.

Non, Monsieur.

CHARLES.

Vous avez fait un long voyage?

MARIE.

Je viens d'Italie.

GERMEUIL.

Où allez-vous?

MARIE.

A Montmélian.

GERMEUIL.

Qu'allez-vous faire dans cette ville ?

MARIE.

Trop faible pour travailler aux champs, je vais me mettre en service.

GERMEUIL.

Vous avez donc à Montmélian votre famille, vos amis?

MARIE.

Hélas ! je n'ai plus de famille ; et des amis, les malheureux en ont-ils ?

GERMEUIL.

Vous avez au moins des connaissances ?

MARIE.

Aucune.

GERMEUIL.

Comment, sans parens, ni connaissances, espérez-vous?..

MARIE.

Le ciel sans doute, Monsieur, aura pitié de moi.

GERMEUIL.

Cette pauvre femme m'intéresse.

MARIE.

Mais pardon, je m'aperçois que ma présence nuit à votre plaisir, et je vais me retirer.

GERMEUIL.

Vous ne pouvez vous remettre en route dans l'état de faiblesse où vous vous trouvez.

CHARLES.

Sans doute, vous coucherez ici cette nuit, si toutefois, mon père le permet.

DUMONT.

Comment, n'es-tu pas le maître actuellement, et quand même.....

MARIE.

Que de bonté.

GERMEUIL.

C'est entendu. Demain vous serez remise de vos fatigues, et vous pourrez continuer votre voyage.

CHARLES.

Pierre, tu prépareras une chambre pour cette pauvre femme; en attendant, fais lui servir sur cette table ce dont elle a besoin.

PIERRE.

Il suffit.

DUMONT.

Adieu, mes enfans, bonsoir, bonne nuit; à demain, nous recommencerons... entendez-vous.

TOUS.

Bonsoir, adieu, bonne nuit.

(Le jour commence à baisser, tout le monde fait ses adieux aux futurs époux et à leurs parens. — Ceux-ci reconduisent les villageois jusqu'au fond du théâtre.)

(Pendant ce temps, Rémond s'approche de Marie, la considère, semble chercher à se rappeler où il l'a vue, et paraît très-agité.)

BERTRAND, *s'en apercevant.*

Qu'as-tu donc à faire tes évolutions?

RÉMOND.

Rien.

BERTRAND.

Cependant...

RÉMOND, *à lui-même.*

Oh! non, c'est impossible!... parbleu! je serais curieux de savoir...

BERTRAND, *à Rémond.*

Allons nous nous remettre en route?

RÉMONT.

Oui, oui, dans un moment.

(*Marie, plongée dans ses réflexions, n'a point pris garde à Rémond. — Dumond, Germeuil, et ses enfans reviennent en scène.*)

SCENE XIII.

LES MÊMES, *excepté* LES VILLAGEOIS.

GERMEUIL, *revenant du fond.*

Ah! ça, mes amis, parlons un peu de nos affaires. J'aurais voulu terminer aujourd'hui tous nos petits détails d'intérêt.

DUMONT.

Parbleu! aujourd'hui, demain, nous n'aurons pas de difficultés. Moi, d'abord, suivant nos conventions, je cède mon établissement à Charles, et toi, tu donnes à ta fille?...

GERMEUIL.

Douze mille francs de dot?

RÉMOND, *à part.*

Douze mille francs, joli dénier!...

GERMEUIL.

Qui sont renfermés, en bons billets de banque, dans ce portefeuille.

RÉMOND, *à Bertrand.*

Entends-tu?

BERTRAND.

Oui, très-bien.

(*Depuis ce moment Rémond paraît préocupé.*)

GERMEUIL.

Et voilà précisément la raison pour laquelle je voudrais

en avoir fini. Ce maudit porte-feuille me gêne : la crainte de le perdre...

RÉMOND, *à part.*

Je lui épargnerais bien cette crainte-là, moi.

GERMEUIL.

Tandis qu'une fois le contrat signé, je remettrai à Charles la dot de sa femme, et je serai débarassé de tous soucis....

CHARLES.

Mon père, si j'allais chercher le notaire?

CLÉMENTINE.

Y pensez-vous, aller à St.-Paul, à l'heure qu'il est!.. songez-donc, qu'il y a au moins quatre lieues d'ici.

DUMONT.

Eh bien! Charles prendra la carriole de Germeuil, il passera la nuit là-bas et demain matin de bonne heure, il amènera le notaire avec lui.

GERMEUIL.

Fort bien imaginé.

CLÉMENTINE.

Mais ne peut-on attendre jusqu'à demain?

GERMEUIL.

Non, non, c'est entendu. Pierre, va mettre cocotte à la cariole?

PIERRE.

J'y cours. A-propos, monsieur Charles, avant de partir, voulez-vous me donner vos ordres? où logez-vous votre monde?

(*Rémond paraît écouter avec attention.*)

CHARLES.

Monsieur Germeuil, au n°. 13. C'est la plus belle chambre de l'auberge. Clémentine dans la pièce au fond du corridor.

PIERRE, *montrant Marie.*

Et cette pauvre femme?

CHARLES.

Tu lui donneras la petite chambre près celle de monsieur Germeuil.

PIERRE.

Fort bien le n°. 8, et s'il arrive des voyageurs?

CHARLES.

Tu les logeras de l'autre côté à l'entresol, afin que le bruit ne trouble point le sommeil de nos amis.

PIERRE.

Ça suffit. (*Il va pour se retirer.*)

CHARLES.

A-propos, tiens, voilà le trousseau des doubles clefs, si tu en avais besoin ; Elles sont numérotées.

PIERRE.

Bon.

CHARLES.

Maintenant, allons tout préparer pour mon départ.

(*Charles, Dumont rentrent. Clémentine va les suivre, et engage son père à en faire autant. Celui-ci lui fait entendre qu'il veut parler à Marie.*)

SCENE XIII.

MARIE, RÉMOND, BERTRAND.

BERTRAND, *à Rémond, tandis que Germeuil considère Marie.*

A quoi penses-tu donc, tu parais bien préoccupé?

RÉMOND.

Ces 12 mille francs me trottent par la tête.

BERTRAND.

Comment! est-ce que tu voudrais?..

RÉMOND.

Je conçois un projet, suis moi?

(*Ils rentrent dans l'auberge, et Germeuil revient en scène.*)

SCÈNE XIV.

GERMEUIL, MARIE.

GERMEUIL, *à part.*

Oui, dans cette maison on a besoin de quelqu'un d'honnête, d'entendu, il faut voir si cette femme ferait bien l'affaire de nos jeunes gens... elle a passé la première jeunesse...

questionnons-là?.. (*Marie va pour se retirer, Germeuil l'arrête.*) Demeurez, je désire vous parler un moment.

MARIE.

Je suis à vos ordres, Monsieur.

GERMEUIL.

Comment vous nommez-vous?

MARIE.

Marie!

GERMEUIL.

Marie! vos manières douces et réservées me font croire que vous n'êtes pas née pour l'état de misère dans lequel vous êtes.

MARIE.

Hélas! Monsieur, je dois le jour à d'honnêtes cultivateurs. Ils me firent donner une éducation peut-être au-dessus de mon état. Tout dans ma jeunesse me promettait un avenir heureux; mais il est des êtres à qui le malheur semble s'attacher, et la pauvre Marie est de ce nombre.

GERMEUIL.

La mort vous a-t-elle ravi les objets de vos affections? aviez-vous un mari?

MARIE, *avec un profond sentiment de douleur.*

Un mari!.. oui, Monsieur.

GERMEUIL.

Et des enfans?

MARIE.

J'eus un fils... je les ai perdus, et avec eux, repos, fortune, (*à part.*) et plus encore!..

GERMEUIL.

Allons, consolez vous, le ciel peut envoyer quelqu'adoucissement à vos peines.

MARIE

Oh! Monsieur, mes maux sont irréparables.

GERMEUIL.

Tout peut se réparer avec une conduite honorable et l'estime des honnêtes gens.

MARIE, *laissant échapper quelques sanglots.*

Hélas!

GERMEUIL.

Mes paroles semblent vous chagriner... seriez-vous coupable?

MARIE, *vivement.*

Coupable !.. non ! je suis innocente, j'en prends le ciel à témoin.

GERMEUIL.

Innocente !.. que voulez-dire ?.. vous aurait-on accusée injustement ?

MARIE, *avec embarras.*

Monsieur !..

GERMEUIL.

Expliquez-vous ?

MARIE.

Excusez, mais je ne puis...

GERMEUIL.

Parlez sans crainte. Ouvrez-moi votre cœur, peut-être... vous gardez le silence... alors je n'ai plus rien à vous proposer. (*sévèrement.*) Cependant vous êtes malheureuse, vous avez droit à ma pitié. Tenez, prenez cette bourse, elle contient quelqu'argent, et pourra suffire à vos premiers besoins.

MARIE, *pleurant toujours.*

Suis-je assez humiliée ?

GERMEUIL.

Prenez-donc, prenez-donc ?

MARIE.

Non, Monsieur, gardez vos secours, je me retire pour vous épargner la vue d'une malheureuse !..

GERMEUIL.

Où allez-vous ?

MARIE.

Je l'ignore ; mais dieu qui lit dans les cœurs et qui sait si j'ai mérité tous les maux qui m'accablent, ne m'abandonnera pas.

GERMEUIL, *attendri.*

Demeurez, demeurez, vous dis-je, je l'exige ; emporté par un mouvement involontaire, je le vois, je vous ai fait de la peine.

MARIE.

De la peine, oh ! oui, beaucoup.

GERMEUIL.

Mais aussi pourquoi refuser de me confier...

MARIE, *pleurant.*

Ah ! Monsieur...

GERMEUIL.

Réfléchissez, je vous le répète, je puis adoucir vos maux, et si demain vous jugez convenable de m'ouvrir votre cœur, vous connaîtrez mes projets; en attendant, prenez ceci, (*Il lui offre sa bourse.*) et recevez-le, non comme une marque de pitié, mais comme un gage de l'intérêt que vous m'inspirez.

MARIE.

J'obéis.

(*Elle prend la bourse. Rémond et Bertrand paraissent.*)

GERMEUIL.

Rentrons. Vous m'avez entendu ! demain, je l'espère, vous ne partirez pas avant de m'avoir parlé.

MARIE.

Je vous le promets.

(*Comme Germeuil et Marie vont rentrer dans l'auberge, Rémond et Bertrand en sortent. Le premier paraît tellement préoccupé qu'il ne fait pas attention à eux.*)

SCENE XV.

RÉMOND, BERTRAND.

BERTRAND.

Enfin me diras-tu ce que signifie cette étrange conduite et pourquoi tu viens de louer une chambre pour passer la nuit ici ?

RÉMOND.

Je cherche un endroit isolé où je puisse te faire part de mes desseins sans crainte d'être entendu.

BERTRAND.

Nous sommes seuls, tu peux parler.

RÉMOND.

Ecoute... Te sens tu le courage de me seconder dans une entreprise périlleuse ?

BERTRAND, *hésitant.*

C'est selon. De quoi s'agit il ?

RÉMOND.

De nous approprier les douze mille francs.

BERTRAND.

Comment, tu veux encore...

RÉMOND, *sans l'écouter.*

Tu as vu donner le trousseau des doubles clefs numérotées de toutes les serrures de l'auberge ?

BERTRAND.

Oui.

RÉMOND.

Celle de la chambre de Germeuil doit s'y trouver.

BERTRAND.

Sans doute.

RÉMOND.

Il faut la soustraire.

BERTRAND.

Après !...

RÉMOND.

Cette nuit, nous nous introduisons chez Germeuil, et le précieux porte-feuille est à nous. Voilà l'affaire.

BERTRAND.

Mais, si éveillé par le bruit, il allait nous reconnaître et appeler du secours ?

RÉMOND.

Bath ! bath ! te voilà toujours. Il ne s'éveillera pas.

BERTRAND, *en hésitant.*

Eh bien ! à la bonne heure. Et le trousseau...

RÉMOND.

Chut ! j'aperçois le garçon d'auberge. Seconde-moi.

SCENE XVI.

Les Mêmes, PIERRE.

RÉMOND.

Monsieur Pierre, notre chambre sera-t-elle bientôt prête ?

PIERRE.

Dans l'instant, Messieurs, ne vous impatientez pas.

BERTRAND.

Il n'y a rien qui presse.

PIERRE.

C'est que, voyez-vous, j'ai tant d'occupations ici.

RÉMOND.

Si nous pouvons vous être utiles à quelque chose, disposez de nous, monsieur Pierre.

PIERRE.

Oh! merci. Cocotte est attelée à la carriole, et je vais simplement chercher à l'entrée de ce caveau un panier de vin vieux pour les fiançailles. (*Il montre la porte du caveau.*)

RÉMOND, *bas à Bertrand.*

Occupe-le un moment.

BERTRAND, *prend Pierre à part.*

Savez-vous, monsieur Pierre, que ce n'est pas très-prudent à votre maître de partir si tard, pour aller ainsi seul à quatre lieues d'ici.

PIERRE.

Vous avez raison, mais aussi ai-je eu la précaution de placer une bonne paire de pistolets dans une des poches de la carriole.

BERTRAND.

C'est différent.

RÉMOND, *qui pendant ce dialogue a été retirer, sans que Pierre s'en aperçut, la clef de la porte du caveau, revient près de lui, et prend la parole, comme s'il n'avait pas quitté la place.*

Vous avez très-bien fait, monsieur Pierre; on ne sait pas ce qui peut arriver.

PIERRE, *arrive à la porte du caveau.*

Tiens!... la clef n'y est plus? qui diable l'aura ôtée?

RÉMOND.

Qu'avez-vous donc?

PIERRE.

Rien. C'est la clef de cette porte!...

(*Il fouille dans ses poches.*)

RÉMOND.

On vous a pris une clef?

PIERRE.

Bah! pris, il n'y a pas de voleurs ici?

RÉMOND.

Nous aimons à le croire.

PIERRE.

Je la retrouverai dans un autre moment. Je vais chercher le trousseau.

(*Il entre dans l'auberge.*)

RÉMOND.

Attention... tu m'as compris... il va nous apporter les clefs.

BERTRAND.

N'oublies pas... N°. 13.

RÉMOND.

Sois tranquille... le voilà !.. silence !...

PIERRE, *revenant avec le trousseau. Il regarde les étiquettes.*

Clef du caveau... c'est celle-ci. (*Il va pour se servir de la clef, sans la retirer du trousseau, et la clef ne peut tourner.*) Eh ! bien, donc ?

(*Il retire la clef du trousseau, et le place sur la table près de la porte ; puis il va ouvrir la porte du caveau, et entre.*)

RÉMOND, *courant s'emparer du trousseau.*

Ne perdons pas une minute.

BERTRAND.

C'est le N°. 13 ?

RÉMOND, *il regarde les étiquettes.*

10... 11... 13... la voilà.

BERTRAND.

Vîte.

RÉMOND, *il retire la clef du trousseau.*

Je la tiens.

PIERRE, *qui reparaît avec un panier de vin au bras.*

Quoi ! la clef?...

RÉMOND, *embarrassé.*

La clef... oui... oui... je l'ai retrouvée.

BERTRAND.

Il a retrouvé la clef.

PIERRE.

Où était-elle donc ?

RÉMOND, *se remet, et lui rend la clef du caveau.*

Sur cette table. La voilà.

PIERRE, *s'en allant.*

Bien obligé.

BERTRAND.

N'y a pas de quoi. (*le rappelant.*) Et votre trousseau que vous oubliez là, monsieur Pierre.

(*Pierre prend son trousseau, et dit à Rémond.*)

PIERRE.

Etourdi que je suis.

BERTRAND.

Ça n'est pas prudent. (*Il lui prend une bouteille dans son panier, et la cache sous sa redingotte.*) car enfin, s'il y avait des voleurs?

(*Pierre rentre dans l'auberge.*)

SCENE XVII.

RÉMOND, BERTRAND.

RÉMOND.

Enfin, nous la tenons.

BERTRAND.

On vient.

RÉMOND.

Silence.

SCÈNE XVIII.

Les Mêmes, GERMEUIL, DUMONT, CLÉMENTINE, CHARLES, MARIE, PIERRE, *garçons d'auberge portant des flambeaux.*

(*Tandis que Charles fait ses adieux à tout son monde, Pierre sort, et reparaît derrière la haie, amenant la carriole.*)

CHARLES.

Adieu, mes amis, bonne nuit.

TOUS.

Bon voyage, bon voyage.

(*Charles monte dans la carriole. Chacun se groupe pour le voir partir. — Rémond et Bertrand semblent exprimer par leurs regards l'impatience qu'ils ont d'exécuter leur projet. La carriole part. —* Tableau.)

FIN DU PREMIER ACTE.

ACTE II.

Le Théâtre représente la grande salle de l'auberge des Adrets. — A droite de l'acteur, un escalier qui monte à une galerie qui traverse le théâtre dans toute sa largeur. — Sur cette galerie donnent les portes des chambres ; ces portes sont numérotées. — Le N°. 13 est au milieu. — A gauche de l'acteur, au rez-de-chaussée, au premier plan, la porte qui conduit à la cuisine. — Du même côté, au deuxième plan, une porte conduisant à l'extérieur. — Au fond, au milieu, sous la galerie, la porte d'entrée principale. — A gauche de cette porte, une autre porte ; c'est celle de la chambre occupée par Rémond et Bertrand.

SCENE PREMIÈRE.

RÉMOND, BERTRAND.

(*Ils sortent du N°. 13, et donnent tous deux des signes du plus grand effroi. — Après avoir examiné s'ils sont bien seuls, ils descendent rapidemment l'escalier, et arrivent en scène.*)

BERTRAND.

Malheureux ! qu'as-tu fait ? vîte regagnons notre chambre... le jour va bientôt paraître... si nous étions aperçus...

RÉMOND.

Tout le monde dort.

BERTRAND.

Es-tu bien sûr que cette femme qui couche près de la chambre de Germeuil, ne nous a pas entendu ?

RÉMOND.

Eh ! non.

BERTRAND.

Ah ! mon dieu ! je n'ai pas une goutte de sang dans les veines.

RÉMOND.

C'est fâcheux, mais que veux-tu ?

BERTRAND.

Si tu m'en croyais, avant que personne ne fût levé, nous quitterions cette auberge... nous n'avons plus rien à faire ici, puisque tu tiens les douze mille francs..... fuyons.

RÉMOND.

Notre fuite nous accuserait. Restons.

BERTRAND, *inquiet.*

J'entends marcher.

RÉMOND.

Viens, nous partagerons dans notre chambre.

(*Ils examinent de nouveau s'ils ne sont point aperçus, et rentrent furtivement dans leur chambre.*)

SCENE II.

MARIE, *seule.*

(*Elle paraît sur la galerie à droite, et descend, lentement et avec peine, l'escalier. — Le jour commence à paraître.*)

Personne n'est encore levé !... le moment est favorable ; quittons cette auberge, avant que monsieur Germeuil soit descendu. Il redoublerait d'instances, sans doute... eh !.... plutôt que de rougir à ses yeux, plutôt que de me couvrir de honte et d'opprobre, fuyons ; qu'il ignore à jamais les malheurs de la pauvre Marie. Si je pouvais sortir sans faire de bruit.

(*Elle va à la porte du fond, qu'elle trouve fermée ; apercevant celle qui donne à l'extérieur, elle cherche à l'ouvrir. Pierre paraît sur la galerie, à gauche. Il achève de s'habiller.*)

SCENE III.

MARIE, PIERRE.

PIERRE, *sur la galerie.*

Il fait à peine jour ! il me paraît que je me suis levé de bonne heure aujourd'hui. (*Il regarde dans la salle.*) tiens ! qui donc est là-bas? je ne me trompe pas, c'est cette femme a qui nous avons donné l'hospitalité hier ; que diable fait-elle là. (*Il descend.*)

MARIE, *qui a cherché à ouvrir la porte qui donne à l'extérieur.*

Je ne pourrai jamais ouvrir cette porte?

PIÈRRE.

Et à quoi bon l'ouvrir.

MARIE, *surprise.*

Ah!

PIERRE.

Où voulez-vous aller? si matin? je croyais que vous aviez promis à monsieur Germeuil de ne pas partir avant d'lui avoir parlé.

MARIE.

C'est vrai... aussi n'avais-je nullement l'intention... j'allais.. j'allais seulement prendre l'air, la chambre où j'ai couché est si petite...

PIERRE.

Ah! ça, il me semble que celle-ci est assez grande pour qu'on y respire à son aise... qu'est-ce que cela signifie? on n'ouvre pas comme ça les portes avant que las gens soient levés.

MARIE.

Pardon...

PIERRE.

Not' maître finira pas être la dupe de sa bonté... il donne asile à tout le monde, et reçoit souvent des mendians paresseux, qui seraient bien obligés de travailler, si on ne leur donnait rien.

MARIE, *pleurant.*

Encore une humiliation !

Elle prend son mouchoir pour essuyer quelques larmes, et laisse tomber la bourse que Germeuil lui a donnée.)

PIERRE, *la ramassant.*

Qu'est-ce que c'est donc ?.. une bourse qui contient de l'or ?

MARIE, *vivement*

Elle est à moi.

PIÈRRE.

Ah! ah ! il me paraît alors que vous n'êtes pas si misérable que vous en avez l'air, (*il rend la bourse, on frappe au loin.*) tiens ! qu'est-ce qui nous arrive donc si matin ? *On frappe encore.*) on y va, on y va.

(*Il sort par la porte du fond, qu'il ouvre avec une clef de son trousseau. Marie accablée, va s'asseoir près d'une table placée à sa gauche.*)

SCÈNE IV.

BERTRAND, RÉMOND, MARIE.

BERTRAND.

D'où vient ce bruit? saurait-on déjà ?...

RÉMOND.

Eh ! non, poltron. (*Il aperçoit Marie.*) Eh ! mais, dis donc, n'est-ce pas là cette femme ?...

BERTRAND.

Que tu crus reconnaître hier... oui, c'est elle.

RÉMOND.

Avançons... il faut que j'éclaircisse mes soupçons. (*Ils approchent.*)

MARIE, *assise.*

Fatale prévention qu'inspire la misère ; on croit le malheureux capable de tous les crimes.

RÉMOND, *à Marie.*

Vous paraissez affligée ? d'où vient votre peine ?... vous vous taisez, vous avez tort. Quelquefois, sans le savoir, on se trouve en pays de connaissance.

MARIE, *inquiète.*

Ciel ! me connaîtriez-vous ?

RÉMOND.

Je ne dis pas cela ! cependant, au premier aspect, le son de votre voix, la taille, quelques traits, semblaient me rappeler...

MARIE.

Qui donc ?

RÉMOND.

Connaissez-vous Grenoble ?

MARIE.

Grenoble !

RÉMOND.

Je l'habitai quelque temps... et vous?

MARIE.

Moi !

RÉMOND.

N'y demeurâtes-vous jamais ?

MARIE.

Il est vrai que...

RÉMOND, *affirmant.*

C'est vrai.

BERTRAND.

Oui, oui, elle y a demeuré.

RÉMOND, *à part.*

Je ne me trompe pas. (*Haut.*) N'y connûtes-vous pas, il y a environ dix-huit à dix-neuf ans, c'est de vieille date, un nommé Robert Macaire?

MARIE.

Grand dieu! quel nom avez vous prononcé?

RÉMOND.

Celui de votre époux.

MARIE.

Silence ! ne répétez pas le nom d'un monstre qui troubla le repos de ma vie.

RÉMOND, *à part et riant.*

Cela se voit tous les jours. (*Bas à Bertrand.*) C'est elle.

BERTRAND.

Qui, elle?

RÉMOND.

C'est ma femme.

BERTRAND.

Ta femme! peste soit de la rencontre; si elle allait te reconnaître !

RÉMOND.

Ne crains rien !

MARIE, *à Remond.*

Me direz-vous comment vous savez...

RÉMOND.

Le hazard seul...

BERTRAND, *à part, à Rémond.*

Cache ben ton œil.

RÉMOND.

Notre liaison dura peu, c'était un assez mauvais sujet, dont par parenthèse, le ciel a pris soin de vous débarrasser depuis deux ans.

MARIE.

Il est mort...

RÉMOND.

Embarqué sur un vaisseau, il a péri avec tout l'équipage.

MARIE.

Mon dieu, pardonne lui tous les maux qu'il m'a fait souffrir.

BERTRAND, *à part.*

Brisons-là ! je crains la reconnaissance. (*haut.*) Allons, allons, laisse-là donc, tu vois bien que tu l'affliges... ce n'est pas l'embarras, une femme qui perd un mari de cette trempe, est bientôt consolée.

MARIE.

Il n'est donc plus !.. ah ! fallait-il que le souvenir de ce monstre me poursuivit jusques dans ces lieux.

(*Elle remonte.*)

BERTRAND.

Elle s'en va, ta femme.

RÉMOND.

Laisse-là s'en aller, qu'est-ce que tu veux que j'en fasse.

BERTRAND.

Allons nous en aussi.

RÉMOND.

Un moment.

BERTRAND.

Est-ce que tu ne crains pas...

RÉMOND.

Sois tranquille, on ne s'est encore apperçu de rien.

BERTRAND.

En ce cas, déjeûnons tout de suite, et nous partirons après ; je voudrais être déjà loin.

RÉMOND.

Garçon !

BERTRAND.

Holà, monsieur Pierre !..

SCENE V.

LES MÊMES, PIERRE. *

PIERRE, *dans la coulisse.*

Voilà! voilà!.. (*Il paraît.*) ah! ah! déjà levés Messieurs, est-ce que vous auriez passé une mauvaise nuit.

RÉMOND.

Pas trop mauvaise...

PIERRE.

Tant mieux! c'est vous qui m'appelez, je vous demande pardon de vous avoir fait attendre.

BERTRAND.

Il n'y a pas de mal, monsieur Pierre!

PIERRE.

C'est que, voyez-vous, je faisais mettre à l'écurie les chevaux de trois cavaliers qui viennent d'arriver.

BERTRAND, *effrayé.*

Des cavaliers!

PIERRE.

Oui, des dragons.

BERTRAND, *avec effroi.*

Des dragons.

PIERRE.

Tiens, on dirait que ça vous fait peur?

BERTRAND, *cherchant à se remettre.*

C'té bêtise, pourquoi donc qu'ça m'frait peur... et que viennent-ils faire ici?

PIERRE.

Ils viennent, d'abord, pour déjeûner, et ensuite...

RÉMOND, *repoussant Bertrand.*

Eh! que t'importe ce qu'ils viennent faire... nous aussi nous voulons déjeûner... monsieur Pierre...

PIERRE.

Dans l'instant. (*Il va pour s'en aller, et revient.*) Non, c'est que, voyez-vous, votre camarade me demandait c'que ces dragons...

RÉMOND, *impatienté.*

C'est bon, c'est bon! (*Pierre va préparer le couvert.*)

BERTRAND.

Que le diable l'emporte avec ses dragons.

RÉMOND, *bas à Bertrand.*

Tes craintes sont capables de nous trahir.

SCÈNE VI.

LES MÊMES, ROGER, DEUX DRAGONS, *entrant par le fond.*

PIERRE, *occupé à mettre le couvert.*

Ah! monsieur Roger, vous avez mis vos chevaux à l'écurie?

ROGER.

Oui, ils déjeûnent... c'est notre tour maintenant... Pierre, du jambon. (*A ses gens.*) Il est excellent ici.

PIÈRRE.

J'vas vous servir ça.

ROGER.

Surtout, du bon vin.

PIERRE.

Soyez donc tranquille! les pratiques ont du meilleur; tenez, mettez-vous là, vous déjeûnerez avec ces Messieurs.

BERTRAND, *dans un coin de la scène.*

Peste soit des convives; je mé serais bien passé de l'honneur.

ROGER, *à part, regardant Roger et Bertrand.*

J'ai vu ces gens-là quelque part... Pierre...

PIERRE.

Plaît-il?

ROGER, *bas.*

Connais-tu ces deux hommes?

PIERRE.

Ce sont deux voyageurs qui ont passé la nuit ici.

BERTRAND, *bas à Rémont.*

Comme il nous examine.

ROGER.

En effet!... je les reconnais, je les ai rencontrés hier sur la route.

PIERRE.

Ce sont de braves gens, ben honnêtes, ben tranquilles.

ROGER.

Il suffit. Il ne faut pas toujours juger les gens sur l'apparence. (*Pierre achève de mettre le couvert.*)

RÉMOND, *bas à Rémond.*

Je ne me trompe pas, c'est le sous-officier qui nous a si bien toisés hier, tandis que nous lui montrions nos passeports.

BERTRAND.

Au diable la rencontre.

RÉMOND.

Payons d'audace.

PIERRE.

Vous êtes servis, Messieurs.

ROGER, *à Rémont.*

Vous voulez bien permettre?

RÉMOND.

Comment donc, avec plaisir... allons à table.

(*Les cavaliers, Rémond, Bertrand, se mettent à table. Ce dernier, placé entre deux cavaliers, n'a pas l'air d'être fort à son aise.*)

PIERRE, *à Roger.*

Il y a long-temps qu'on ne vous a vu par ici, monsieur Roger.

ROGER.

Le pays est tranquille, et sans deux coquins échappés de prison...

RÉMOND.

De quelle prison, s'il vous plaît, Monsieur?

ROGER.

Des prisons de Lyon.

RÉMOND.

Ah! ah! tiens...

ROGER.

Et qui, dit-on, se sont réfugiés dans la forêt, je crois que nous ne serions pas venus de long-temps.

PIERRE.

Comment, on croit que ces échappés se cachent dans la forêt?

ROGER.

Oui, et j'ai reçu l'ordre d'y faire une battue, et de m'assurer de tous ceux qui me paraitront suspects.

PIERRE.

Ah ! monsieur Roger, dépêchez-vous de prendre ces coquins-là, car je suis capable...

ROGER.

D'aller les arrêter toi-même ?

PIERRE.

Les arrêter, moi ! ah ben ! vous ne me connaissez guères, je vous disais que j'étais capable de ne pas pouvoir dormir de peur, tant que je les saurais dans la forêt.

ROGER.

Est-ce que tu serais poltron ?

PIERRE.

Ma foi entre-nous, je ne me crois pas trop brave.

SCÈNE VII.

LES MÊMES, DUMONT, CLÉMENTINE, *ils descendent de l'étage à gauche.*

Ah ! v'la not' maît' et mam'zelle Clémentine.

ROGER.

Bonjour, Dumont.

DUMONT.

Ah ! bonjour, mon ami ; vous voilà en bonne disposition.

ROGER.

Comme vous voyez, et vous toujours joyeux ?

DUMONT.

Je le crois bien, vraiment, un jour nôce.

ROGER.

Comment ? qui est-ce qui se marie donc, ici.

DUMONT.

Charles, mon fils, qui épouse mademoiselle. (*Il montre Clémentine.)*

ROGER.

Je lui en fais mon compliment ! où est-il donc le futur ? je ne l'ai pas encore vu !

DUMONT.

Il est allé à quatre lieues d'ici, chercher le notaire, sans doute il ne tardera pas à venir.

PIERRE, *au-dehors.*

Not' maître, not' maît' v'la monsieur Charles j'apperçois la carriole.

(*Dumont et Clémentine, vont au-devant; Roger les suit ainsi que les deux cavaliers. — Rémond et Bertrand profitent du moment pour se lever de table.*)

BERTRAND, *à Rémond.*

Tu l'as entendu, nous sommes poursuivis! nous n'avons pas de temps à perdre, fuyons!

RÉMOND.

Regagnons d'abord notre chambre; dans quelques instans nous appellerons Pierre, nous compterons avec lui...

BERTRAND.

Il n'y a pas besoin de compter.

RÉMOND.

Pardon... et nous tâcherons de partir sans être aperçus.

(*Ils rentrent dans leur chambre.*)

SCENE VIII.

DUMONT, CLÉMENTINE, CHARLES, ROGER, PIERRE, LE NOTAIRE, DEUX CAVALIERS.

ROGER, *à Charles.*

Allons donc, allons donc, est-ce qu'un marié doit se faire attendre?

CHARLES.

Ce n'est pas ma faute; nous sommes partis avant le jour, mais les chemins de traverse sont si mauvais!.. au surplus, il paraît qu'il n'y a pas de temps de perdu, car monsieur Germeuil n'est pas descendu encore.

PIERRE ET CLÉMENTINE.

C'est vrai.

DUMONT.

Notre ami reste tard au lit aujourd'hui! oh! dame, on n'est pas toujours jeune. La paresse nous gagne avec les années. Attendons encore quelques minutes, et s'il ne descend pas, nous irons l'éveiller.

CHARLES.

C'est cela.

ROGER.

Vous êtes un heureux mortel, mon cher Charles, votre future est charmante. (*On entend une ritournelle.*)

CLÉMENTINE.

Que nous arrive-t-il là ?

DUMONT, *regardant.*

Ce sont nos parens et nos amis qui viennent pour signer au contrat.

CHARLES, *au notaire, en lui montrant la table.*

Tenez, monsieur le Notaire, placez-vous toujours ici.

SCENE IX.

LES MÊMES, VILLAGEOIS, VILLAGEOISES.

(*Ils sont tous parés. Dumont et Charles leur font des amitiés. Pendant ce temps, Marie sort de la chambre, descend et regarde si l'on fait attention à elle.*)

MARIE, *à part.*

Personne n'a les yeux sur moi, éloignons-nous.

(*Elle gagne doucement la porte, et comme elle va sortir, elle se trouve vis-à-vis de Roger, qui se dérange pour la laisser passer, en l'examinant.*)

SCÈNE X.

LES MÊMES, *excepté* MARIE.

DUMONT.

Mais un moment donc, et Germeuil, il ne descend pas, il est cependant près de huit heures. (*Il tire sa montre.*)

CLÉMENTINE.

S'il était indisposé ?

CHARLES.

Vous avez raison ; je cours moi-même... (*Il monte à la galerie.*)

DUMONT.

Il est peut-être sorti sans prévenir...

PIERRE.

Pas possible ! car c'est moi qui ai ouvert la porte, et je n'ai pas bougé d'ici depuis.

CHARLES, *écoutant à la porte de Germeuil.*

Ah! mon dieu, il me semble entendre des gémissemens.

DUMONT.

Des gémissemens?.. Pierre, tu as le trousseau des doubles clefs, donne vîte celle de sa chambre.

PIERRE.

Dans l'instant, Monsieur. (*Il cherche au trousseau.*) tiens... c'est singulier... elle n'y est pas.

CLÉMENTINE.

Comment faire?

CHARLES.

Je vais enfoncer la porte. (*Il monte vivement.*)

CLÉMENTINE.

Je vous suis.

(*Charles, Pierre et Clémentine enfoncent la porte, et entrent dans la chambre; aussitôt on entend un cri perçant.*)

DUMONT.

Grand dieu! d'où vient ce cri!

SCENE XI.

LES MÊMES, CLÉMENTINE, *sortant de la chambre, et descendant égarée.*

Monsieur Dumont; mon père, est assassiné.

TOUS.

Assassiné!

(*Effroi général. Clémentine vient tomber évanouie près de la table. On lui prodigue des secours.*)

SCENE XII.

LES MÊMES, CHARLES, PIERRE.

CHARLES.

O crime horrible! monsieur Germeuil est percé de plusieurs coups, et baigné dans son sang.

(*Plusieurs des parens et amis montent rapidement ; Clémentine veut courir près de son père, on la retient, elle s'évanouit ; on l'emporte.*)

ROGER.

Quel événement affreux; lui connaissiez-vous des ennemis?

DUMONT.

Aucun! il ne vivait que pour faire du bien.

CHARLES, *descendant.*

Nul doute qu'il n'ait été la victime des scélérats qui l'ont volé. Voilà son porte-feuille, ouvert près de lui.

DUMONT.

Et les douze mille francs?

CHARLES.

N'y sont plus.

ROGER.

Soupçonnez-vous quelqu'un?

DUMONT.

Personne.

PIERRE, *après un moment de réflexion.*

Attendez, moi, j'ai des soupçons...

TOUS.

Sur qui?

PIERRE.

Sur cette femme à qui vous avez donné l'hospitalité hier.

DUMONT.

Qui, Marie?

PIERRE.

C'est ça.

ROGER.

N'est-ce pas une femme dont les vêtemens semblent annoncer la misère?

TOUS.

Précisément.

ROGER.

Je viens de la voir sortir dans l'instant. Elle se dirigeait de ce côté.

PIERRE.

Monsieur Dumont, monsieur Roger, ordonnez qu'on coure sur ses traces, et qu'on la ramène ici sur le champ.

DUMONT.

Qui peut te faire présumer ?...

PIERRE.

Je m'expliquerai plus tard ; qu'on la poursuive.

ROGER, *à un cavalier et aux paysans.*

Ne perdez pas de temps, mes amis, courez à sa poursuite.

(*Ils sortent en courant. — De temps en temps on voit Pierre et d'autres personnes monter, descendre, et porter des secours. — Dumont monte à la chambre, et y reste.*)

SCENE XIII.

LES MÊMES, *excepté le* CAVALIER *et les* PAYSANS.

ROGER, *à Pierre.*

Maintenant explique-toi ?

PIERRE.

Volontiers. Ce matin, à la pointe du jour, comme je sortais de ma chambre, cette femme faisait tous ses efforts pour ouvrir cette porte. En me voyant, elle fut déconcertée, et puis elle répondit à mes questions d'un air... qui... enfin... çà me donna... bien sûr que son air n'était pas naturel... comme je l'engageais à attendre, pour s'en aller, le réveil de monsieur Germeuil, à qui elle avait promis de parler, elle a versé quelques larmes, et en tirant son mouchoir, pour les essuyer, une bourse contenant de l'or est tombée de sa poche.

TOUS.

Se peut-il !

PIERRE.

Il y a dans tout ça quelque chose qui n'est pas clair ; car enfin, une malheureuse que l'on a relevée hier, mourant de besoin, sans le sou, et qui a aujourd'hui de l'or...

ROGER.

En effet ! et d'ailleurs, pourquoi cet empressement à fuir cette maison. Il est de mon devoir de prendre sur cette affaire tous les renseignemens possibles. (*Au cavalier.*) Dressez procès-verbal. (*A Pierre.*) N'y a-t-il que cette femme qui ait passé la nuit à l'auberge ?

PIERRE.

Pardonnez-moi : nous avons encore logé deux voyageurs; vous avez déjeûné avec eux.

ROGER.

Qu'on les fasse venir.

PIERRE.

Ils sont sans doute dans leur chambre, je vais les chercher. (*Il va frapper à leur porte — Dumont revient en scène.*)

CHARLES, *à Dumont.*

Eh bien !

DUMONT.

Toujours dans le même état. Il ne donne encore aucun signe d'existence.

SCÈNE XIV.

LES MÊMES, RÉMOND, BERTRAND.

RÉMOND, *à Pierre.*

Que me voulez-vous?

PIERRE.

C'est monsieur le maréchal des logis qui désirerait vous parler.

BERTRAND, *bas à Rémond.*

Serions-nous découverts !

RÉMOND.

Tais-toi. (*A Roger.*) De quoi s'agit-il?

ROGER.

Un assassinat a été commis dans cette maison.

RÉMOND, *avec surprise.*

Vraiment !

ROGER.

Je dois m'assurer que tous ceux qui s'y trouvent sont en règle.

RÉMOND.

C'est juste. Mais qui donc a été la victime.

DUMONT.

Le malheureux Germeuil.

RÉMOND.

Quoi ! ce vieillard respectable !.. ah ! les auteurs de ce crime sont des monstres.

ROGER.

Vos passe-ports ?

RÉMOND, *avec assurance.*

Voici le mien.

ROGER, *regardant le passe-port.*

Vous vous nommez ?

RÉMOND.

Rémond.

ROGER.

Où allez-vous ?

RÉMOND.

A Lauzanne.

ROGER.

Votre profession ?

RÉMOND, *embarassé.*

Homme d'affaires.

ROGER, *après avoir examiné le passe-port.*

Fort bien. (*A Bertrand.*) Le vôtre. (*Bertrand hésitant.*) Est-ce que vous n'en avez pas ?

BERTRAND.

Pardonnez-moi.

RÉMOND, *avec humeur.*

Eh bien! donne-le donc, puisqu'on te le demande.

BERTRAND.

Le voici... vous l'avez déjà vu hier.

ROGER, *examinant le passe-port.*

Et vous, Monsieur, votre profession?

BERTRAND.

Moi, Monsieur, marchand de chaînes de sûreté.

ROGER.

Il n'y a rien à redire à ces papiers, ils sont fort en règle.

BERTRAND, *à part.*

Ouf! je respire! (*à Rémond.*) Eh bien ! nous en allons-nous?

RÉMOND.

(*A Bertrand.*) Oui. (*Haut.*) Nous partons, Messieurs...

ROGER.

Vous ne pouvez vous éloigner encore, jusqu'à ce que l'enquête soit terminé, personne ne peut quitter cette maison...

BERTRAND, *à part.*

Aie! aie! aie!

RÉMOND, *avec assurance.*

C'est juste.

(*On entend un grand bruit à l'extérieur.*)

PIERRE.

On ramène Marie.

SCÈNE XV.

LES MÊMES, MARIE.

MARIE.

Au nom du ciel! que me veut-on? (*Elle regarde au tour d'elle.*) Pourquoi cet appareil?

DUMONT.

Approchez, malheureuse, et tâchez de vous disculper du crime dont on vous accuse.

MARIE.

De quel crime voulez-vous parler?

ROGER.

Monsieur Germeuil a été assassiné.

MARIE.

Et c'est moi que l'on soupçonne...

TOUS.

Oui, vous.

RÉMOND, *à part.*

Heureux hasard!

MARIE.

Mon dieu! je n'ai donc pas encore épuisé ta colère!

ROGER.

Qu'avez-vous à répondre?

MARIE.

Monsieur, j'ignore comment j'ai pu faire naître de si terribles soupçons; mais je jure devant dieu que je suis innocente.

PIERRE.

Jurerez-vous aussi que ce matin vous ne possédiez pas de l'or?

MARIE.

Je possédais ce matin, et je possède encore quatre louis qui sont renfermés dans cette bourse, que m'a donnée monsieur Germeuil.

ROGER.

Donné, dites-vous? à quel titre? pourquoi? il vous connaissait donc depuis long-temps?

MARIE.

Je le vis hier pour la première fois.

ROGER.

Et sans vous connaître, il vous a donné une somme aussi forte, en ajoutant le don de sa bourse?

MARIE.

Je vous ai dit la vérité.

ROGER.

Il suffit.

RÉMOND, *interrompant Roger.*

Pardon... cette femme n'occupait elle pas une chambre près de celle de monsieur de Germeuil?

PIERRE.

Oui.

RÉMOND.

Alors il est impossible qu'elle n'ait pas entendu du bruit, et dans ce cas, les indices qu'elle pourrait fournir, faciliteraient la découverte des assassins.

PIERRE.

Vous avez raison.

BERTRAND, *bas à Rémond.*

Que fais-tu?

RÉMOND, *de même.*

J'éloigne les soupçons.

ROGER, *à Jeannette.*

En effet, on n'a pu s'introduire dans l'appartement du malheureux Germeuil sans que vous ayez entendu quelque bruit.

MARIE.

Je vous jure que je n'ai rien entendu. (*Joie de Rémond et de Bertrand.*)

ROGER.

Est-il vrai que ce matin, Pierre vous a surprise essayant d'ouvrir cette porte pour vous en aller?

MARIE.

Oui, Monsieur.

PIERRE.

Ah ! ce n'était donc pas pour prendre l'air comme vous me l'aviez dit?

DUMONT, *avec bonté.*

Pourquoi cet empressement à fuir d'une maison où vous aviez été accueillie avec tant de bonté ?

MARIE.

La crainte de gêner.

PIERRE.

Mauvaise raison : vous aviez promis à ce pauvre monsieur Germeuil de ne pas partir sans lui parler.

MARIE, *de même.*

Il est vrai... mais je l'avais oublié.

PIERRE.

Ah! oui, et tout à l'heure l'aviez-vous encore oublié? vous étiez partie, et juste comme on s'étonnait de ne point le voir.

(*Marie reste confondue.*)

ROGER.

Il suffit... qu'on s'assure de cette femme.

RÉMOND, *à part.*

Nous sommes sauvés.

MARIE.

Grand dieu! vous pourriez me croire capable... (*A Dumont.*) Homme généreux, et vous, vertueux Charles, j'embrasse vos genoux. Ne souffrez pas...

DUMONT, *la repoussant.*

Eloignez-vous !

MARIE.

Malheureuse !

ROGER.

Votre nom?

MARIE.

Marie Beaumont.

DUMONT, *surpris.*

Marie Beaumont ! vous vous nommez, dites-vous, Marie Beaumont ?

MARIE.

Oui, Monsieur.

DUMONT.

N'avez-vous jamais eu d'enfans?

MARIE.

Hélas! j'eus un fils.

DUMONT.

Un fils !... et qu'est-il devenu?

MARIE.

Je l'ignore. Un sort cruel me força de l'abandonner dans une auberge !

CHARLES, *à part.*

Quel soupçon !

DUMONT.

Marie, vous avez déjà habité Grenoble?

MARIE, *hésitant.*

Monsieur...

DUMONT.

Ah! répondez.

CHARLES.

Répondez, je vous en conjure.

MARIE.

Eh bien! il est vrai qu'autrefois...

DUMONT.

Vous étiez détenue dans les prisons de cette ville?

MARIE.

Monsieur, vous sauriez?...

DUMONT.

A cette époque aussi, comme en ce moment, vous étiez accusée...

MARIE, *en pleurs.*

Alors comme aujourd'hui j'étais innocente.

CHARLES, *à part.*

Plus de doute, c'est elle.

MARIE.

Mais, pourquoi ces questions? cet enfant dont vous me parlez, sauriez-vous?... oh! je vous le demande comme une grâce, dites-moi si mon fils respire encore.

DUMONT.

Oui, pour son malheur.

MARIE.

Ne m'abusez pas ! où est-il, que je le presse sur mon cœur ?

DUMONT, *à Charles, qui est prêt à se trahir.*

Arrête, Charles !

MARIE.

Ne le retenez pas ! laissez-le parler !

CHARLES, *avec entraînement.*

Ma mère ! (*Marie jette un cri, et se précipite dans les bras de son fils.*)

TOUS.

Sa mère !

RÉMOND, *à Bertrand.*

Qu'entends-je ! c'est mon fils !

BERTRAND, *à Rémond.*

Tu vas donc retrouver toute ta famille ici ?

DUMONT, *à Charles.*

Qu'as-tu fait, Charles ?

TOUS.

Sa mère !

CHARLES.

Oui... Monsieur Dumont n'est pas mon père ; je ne fus jamais qu'un malheureux objet de sa pitié.

MARIE, *accablant Charles de caresses.*

Mon fils ! mon cher fils !

CHARLES.

Grand dieu ! était-ce ainsi que vous deviez me la rendre ?

MARIE.

Rassure-toi, le ciel prendra soin de me justifier.

ROGER.

Madame, il faut me suivre.

CHARLES.

Ah ! monsieur Roger, c'est ma mère ; avant de la livrer à la justice, laissez-moi tout employer pour connaître la vérité.

ROGER.

Je ne sais si je dois...

MARIE.

Ne craignez pas que je cherche à fuire de ces lieux, où j'ai retrouvé mon fils.

SCENE XVI.

Les Mêmes, UN CAVALIER, *apporte un ordre qu'il remet au brigadier ; le brigadier présentant l'ordre à Roger.*

LE BRIGADIER.

Monsieur le maréchal des logis.

(*Roger prend la lettre, l'ouvre, et lit bas, à mesure qu'il lit, il regarde Rémond, Bertrand et les passe-ports qu'il tient encore ; puis il finit par parler à l'oreille du cavalier qui lui apporte la lettre.*)

BERTRAND, *à Rémond.*

Qu'est-ce que cela signifie?

RÉMOND.

Rien.

ROGER.

Assurez-vous de ces deux hommes.

RÉMOND, *avec effronterie.*

De nous... de quel droit!

BERTRAND, *imitant l'inflection de voix de Rémond.*

De quel droit?

ROGER.

Ecoutez. (*Il lit.*) « Le maréchal des logis Roger a ordre d'arrêter, partout où il les trouvera, les deux hommes échappés des prisons de Lyon, qui, munis de faux passe-ports, voyagent, l'un sous le nom de Bertrand, et l'autre sous celui de Rémond ; mais le premier n'est autre que Jacques Strob, et le second Robert Macaire.

MARIE, *à ce nom s'écrie.*

Macaire ! l'ai-je bien entendu !

ROGER, *continuant.*

Ce dernier cache sa figure sous un bandeau noir. (*Roger approche de Rémond, l'examine, et lui arrache son bandeau.*)

MARIE, *le reconnaissant.*

Dieu! c'est lui! (*Elle tombe évanouie.*)

TABLEAU.

La Toile tombe.

FIN DU DEUXIÈME ACTE.

ACTE III.

Le Théâtre représente une cour de l'auberge, à gauche un pavillon, à droite une grange avec un grenier au-dessus. Sur le toit une fenêtre avec une poulie pour monter les fourrages; au rez-de-chaussée, une petite fenêtre grillée donnant dans la grange. Dans le fond un mur. Au milieu une petite porte donnant dans la forêt.

SCENE PREMIÈRE.

ROGER, PIERRE, GARDES.

(*Au lever de la toile, Roger est près du pavillon avec les deux gardes. Il ferme la porte à double tour.*)

PIERRE.

Dieu merci, v'là not' auberge changée en prison.

ROGER.

Les ferrures sont solides ?

PIERRE.

J'vous en réponds.

ROGER, *à l'un des cavaliers.*

Maintenant à cheval, et ventre-à-terre, jusqu'à la brigade. Vous ramenerez avec vous, quatre cavaliers pour notre escorte.

(*Le cavalier sort.*)

PIERRE.

Oh! il est bien là, dans le pavillon ce Robert Macaire, qui fesait le borgne tantôt; et qui avait d'aussi bons yeux que moi; et son camarade c'et' autre petit qui est si laid; y n'est pas mal à l'ombre au fond de cette grange, dans la petite chambre grillée qui ressemble plus à un cachot qu'à tout autre chose.

ROGER, *au garde.*

M. Germeuil est enfin revenu du long évanouissement

que la perte de son sang avait causé... Mais frappé presque dans son sommeil, il n'a rien pu voir, reconnaître personne. Marie, cependant, reste libre dans la maison à la prière de son malheureux fils... seulement qu'elle ne paraisse point au dehors.

(*Il regarde encore le pavillon et la grange.*)

PIERRE

Oh! n'y a pas d'tentatives à craindre, allez.

ROGER, *à un cavalier.*

Vous, retournez à la porte principale, et que personne ne puisse entrer ou sortir.

(*Le deuxième cavalier sort.*)

PIERRE.

Eh bien! en v'là-t-il des évènemens depuis hier. Un assassinat, qui, un peu plus, changeait la nôce en enterrement ; deux honnêtes gens qui sont des coquins; qui diable, aussi, se serait douté que c'te mam' Marie... avec tout ça, si elle était innocente, ça s'rait tout de même ben mal à moi.

ROGER.

Tout ceci s'éclaircira, maintenant je vais achever mon procès-verbal.

(*Il sort.*)

SCENE II.

PIERRE, *seul.*

Voyez un peu, comme on est trompé, moi qui avait tant de confiance en ces... C'est fort heureux qu'ils ne nous aient rien volé. En quelque sorte même, c'est très-bien de leur part: car s'ils avaient voulu... enfin hier n'ont-ils pas eu pendant quelques minutes entre les mains le trousseau de toutes les doubles clefs de la maison? Bien certainement il leur eût été facile d'en escamoter... et pendant que nous dormions... Eh mais... quelle idée... La clef de la chambre de M. Germeuil, qui a disparu!..' si c'était!.. des gens comme ça, c'est capable de tout... et moi qui ai accusé !.. Ah! mon Dieu ! mais avant de parler faut s'assurer...

SCENE III.

PIERRE, CHARLES, DUMONT.

PIERRE.

V'là ce pauvre monsieur Charles avec son père, qui n'est

plus son père... a-t-il l'air triste. Eh ben ! monsieur Dumont, et ce pauvre monsieur Germeuil?

DUMONT.

Le médecin a une lueur d'espoir.. on pense que la vue de sa fille lui fera du bien. Il a demandé à la voir ! elle est maintenant près de lui.

PIERRE.

Pauvre cher homme, pourvu qu'il en revienne ?

DUMONT.

Si quelqu'un nous demandait ; nous restons ici pour respirer un moment.

PIERRE, *à Dumont.*

Oui, Monsieur. (*A part.*) Je vais en même temps éclaircir mes doutes. (*Il sort.*)

SCENE IV.

DUMONT, CHARLES.

DUMONT.

Charles, je t'en conjure, ne te livre point à ce sombre désespoir.

CHARLES.

Ah ! Monsieur, qu'exigez-vous de moi ?

DUMONT.

Monsieur !... quel est ce titre? ne suis-je donc pas ton père?

CHARLES.

Ai-je encore le droit de vous appeler ainsi ?

DUMONT.

Tu l'auras toujours.

CHARLES.

Ciel impitoyable qui ne m'a rendu ma mère que pour me ravir au même instant tout ce qui pouvait m'attacher à la vie.

DUMONT.

Mon enfant, allons du courage, toute espérance n'est pas perdue.

CHARLES.

Mon cœur se refuse à l'horrible pensée de croire ma mère coupable ; mais comment prouvera-t-elle son innocence ?

Allez, mon père, mon destin est marqué. Né au sein du malheur, j'y dois traîner le reste de mes jours, repoussez loin de vous un infortuné, abandonnez le malheureux Charles.

DUMONT.

Que je t'abandonne! tu ne peux m'en croire capable!... Non, quelque soit le sort qui t'est réservé, je le partagerai. Charles, voilà Clémentine, garde-toi d'ajouter à sa douleur par l'excès de la tienne.

SCÈNE V.

Les Mêmes, CLÉMENTINE.

CLÉMENTINE.

Charles, monsieur Dumont, nous abandonnez-vous donc?

DUMONT.

Par respect pour votre douleur, et dans la crainte que notre vue ne l'augmenta, nous évitions vos regards.

CLÉMENTINE

Comme moi, vous gémissez du cruel événement qui m'a plongée tout-à-coup dans la désolation; votre chagrin, loin d'aigrir ma peine l'aurait adoucie... mais enfin l'espoir renaît dans mon ame. Le médecin répond des jours de mon père. Il est bien faible encore, mais il peut parler... dès qu'il a repris ses sens, il a voulu me voir, entendre de ma bouche toutes les circonstances... Ah! quelle fut sa douleur lorsque je lui appris que cette malheureuse femme que l'on accuse est votre mère.

CHARLES.

Grand dieu! il sait tout, et je ne lui fais point horreur.

CLÉMENTINE.

Ecoutez-moi. Ce n'est point pour ajouter à votre désespoir qu'il m'envoie.

SCENE VI.

Les Mêmes, MARIE.

MARIE, *à part.*

Ciel! Clémentine et mon fils!....

CLÉMENTINE, *à Charles.*

Il n'est malheureusement que trop probable que celle à qui vous devez l'existence...

MARIE, *à part.*

Affreuse persuasion !

CLÉMENTINE.

Cependant, c'est votre mère, Charles ; il est de votre devoir de la dérober au châtiment... Vous le devez, pour votre propre honneur, pour celui de l'homme généreux qui vous a tenu lieu de père, pour nous tous enfin...

MARIE, *à part.*

Qu'entends-je !

CLÉMENTINE.

Facilitez-lui les moyens de fuir de ces lieux. Par vos prières et les miennes, nous avons obtenu qu'elle ne fût point enfermée, profitez sans hésiter de cette grâce pour la sauver. Guidez vous-même ses pas vers la frontière, à l'aide de la somme qui seule sans doute à pu l'engager....

CHARLES.

Clémentine !...

CLÉMENTINE.

Elle peut, avec le travail, se procurer une existence sur une terre étrangère ; qu'elle fuie, qu'elle dérobe sa tête au glaive des lois, qu'elle s'efforce, pendant le temps qui lui reste à vivre, de mériter par son repentir la miséricorde divine. Telles sont les intentions de mon père.

MARIE, *à part.*

Grand dieu !

CHARLES.

Cette action généreuse me fait cruellement sentir toute l'étendue de la perte que je fais. Mais non. Cet argent ne sera pas perdu pour vous, et mon travail...

CLÉMENTINE.

Cette somme devait assurer notre bien être, notre félicité... Quelle vous sauve du moins l'honneur. Dès qu'il fera nuit, que la malheureuse parte de ces lieux.

MARIE, *se montrant.*

Vous l'espérez en vain. Je ne partirai pas.

TOUS.

Dieu ! c'est elle !

MARIE.

Charles, je suis innocente, et l'aspect même du châtiment

réservé aux coupables, ne saurait m'épouvanter : j'en atteste ce dieu, pour qui seul il n'est rien de caché, ma conscience est pure. Généreuse fille, daignez en croire mes larmes, je suis innocente...

CLÉMENTINE, *avec un sentiment d'horreur.*

Laissez-moi.

MARIE.

Autant qu'infortunée.

CLÉMENTINE.

Je ne puis supporter sa vue. Charles!... Adieu.

(*Elle sort.*)

SCÈNE VII.

DUMONT, CHARLES, MARIE.

DUMONT.

Marie, innocente ou coupable, dites enfin...

MARIE.

Je n'ai qu'un mot à dire, et je ne cesserai de le répéter jusqu'à ma dernière heure, je suis innocente. J'étais loin de m'attendre que les bienfaits d'un homme compâtissant prêteraient contre moi d'aussi cruelles armes.

DUMONT.

On sait maintenant que la bourse vous a été en effet remise par Germeuil lui-même... Mais votre départ précipité de ces lieux, après la promesse de revoir notre malheureux ami, comment le justifierez-vous ?

MARIE.

Monsieur Germeuil, touché de ma misère, s'était offert de l'adoucir si je voulais lui faire avant tout un récit sincère de mes malheurs. Poussée par ses instances, j'avais promis... Mais je n'ai pas eu la force de m'exposer à perdre son estime en lui avouant que flétrie aux yeux de la société...

DUMONT.

Ah! cette malheureuse circonstance n'est pas la moins aggravante!...

MARIE.

Je fus encore à cette époque victime d'une erreur, et condamnée injustement.

CHARLES.

Quoi ! ma mère...

MARIE.

Oui, mon fils, injustement. Pardonne, pour me disculper à tes yeux, je vais ajouter à tes chagrins, mais je te dois la vérité, et je te la dois toute entière. Fille unique et dans l'aisance, mes premières années furent heureuses. Hélas ! qu'il dura peu ce bonheur !... Mes parens trompés par des dehors séduisans, donnèrent ma main à l'auteur de tes jours. Ma fortune seule avait déterminé son choix, il ne le prouva que trop à leur mort. Il se livra ouvertement aux excès les plus honteux. En quelques années, il dissipa toute la fortune que je lui avais apportée, et me plongea dans la plus affreuse misère.

CHARLES ET DUMONT.

Juste ciel !

MARIE.

Heureuse encore s'il en fût resté là. Mais sans moyens d'existence, tout lui sembla bon pour sortir d'embarras, et le vol... Tu frémis... Charles !... Oui, le vol fut sa dernière ressource Bientôt la justice informa sur son compte. Il prit la fuite. Une visite dans sa maison découvrit plusieurs effets précieux qu'il y avait cachés à mon insu, et ta malheureuse mère, traînée devant les tribunaux... Hélas ! je pardonne à mes juges, toutes les apparences étaient contre moi.

CHARLES.

Et l'auteur de tous vos maux, que devint-il ? Quel fut son sort.

MARIE.

Son sort ! Ah ! toute ma raison se bouleverse à l'idée de te le faire connaître.

SCÈNE VIII.

Les Mêmes, PIERRE.

PIERRE, *accourant*.

Monsieur Charles, not' bourgeois ! j'aurais deux mots à vous dire.

DUMONT.

Parle. (*Marie va pour se retirer*.)

PIERRE, *la retenant.*

Restez, Mam' Marie; vous n'êtes pas de trop ici. Ça vous concerne.

MARIE.

Qu'est-ce encore?

PIERRE.

Soyez sans inquiétude, cette fois-ci... Ah! Mam' Marie! me pardonnerez-vous d'vous avoir accusée? Car, à présent, j'en suis sûr, vous n'êtes pas une... C'est-à-dire... c'n'est pas vous qui... enfin...

TOUS.

Que veux-tu dire?

PIERRE.

Que j'ai découvert les assassins.

MARIE ET DUMONT.

Qu'entends-je!

CHARLES, *vivement.*

Ah! parle!... explique-toi.

PIERRE.

Du moins, j'ai de fortes raisons pour le croire, puisque je viens de trouver chez eux la clef...

CHARLES.

Chez qui?

PIERRE.

Vous ne devinez pas?... chez ces deux coquins que monsieur Roger a arrêtés tantôt, et qui sont enfermés sous de bons verroux dans ces deux corps de logis.

DUMONT ET CHARLES.

Eux!

MARIE, *à part avec douleur.*

Ce dernier coup manquait à ma misère.

DUMONT.

Mais comment se fait-il?

PIERRE.

Ce matin lorsqu'on voulut entrer chez monsieur Germeuil, quand j'allais chercher le trousseau des doubles clefs, je n'me suis pas souvenu tout suite qu'hier au soir le trousseau était resté... Ah! pas deux minutes... mais enfin il n'en faut pas d'avantage.

DUMONT.

Mais achève donc.

PIERRE.

Eh bien! je vous le dis, le trousseau me revient à l'idée, voilà ma tête qui trotte, je monte aussitôt dans leur chambre, je dérange, je tourne, je furête... rien... je m'en allais, lorsque je remarque que les cendres du foyer... On n'avait pas fait d'feu... venaient d'être fraîchement remuées, je les éparpille, et j'trouve... quoi? c'te clef, juste la clef que je cherchais.

DUMONT.

Etrange circonstance!

CHARLES.

O bonheur inespéré!

MARIE, *à Pierre avec inquiétude.*

Mon ami, as-tu déjà fait part à quelqu'un?..

PIERRE.

Non, Mam' Marie, j'ai cru que vous deviez être les premiers...

CHARLES.

Ah! je conçois votre impatience, ma mère, il vous tarde d'être délivrée d'un soupçon odieux; je cours dénoncer les monstres...

MARIE, *le retenant.*

Malheureux! que vas tu faire?

CHARLES.

Livrer l'assassin...

MARIE, *l'arrête avec effroi.*

Arrête Charles, ne te prépare pas des regrets éternels...

CHARLES.

Je ne puis comprendre...

MARIE.

Tu sauras tout. (*Elle les amène mystérieusement sur le devant de la scène.*) Mais avant, fais que je puisse entretenir un moment, sans témoin, celui dont la vue m'a causé tant d'effroi, et... (*Tous trois font un geste très-marqué de surprise.*) Promets-moi, jurez tous que pendant ce temps, vous garderez le silence sur sa culpabilité...

CHARLES.

Que je promette...

MARIE.

Je l'exige, mon fils!... vous hésitez! (*à Charles.*) mon fils!

DUMONT.

Que penser !...

MARIE.

Eh! monsieur, je vous en supplie, cédez à ma prière, il y va de l'honneur et de la vie peut-être de celui à qui vous avez daigné accorder le nom de fils.

DUMONT.

Mais je ne puis sans nous compromettre vous laisser seule avec ce misérable.

PIERRE.

Il n'y a rien à craindre; monsieur Roger a placé autour de la maison ses dragons, et s'il voulait s'échapper, son affaire serait bientôt faite.

DUMONT.

Si monsieur Roger... mais il a la clef, comment faire ?

PIERRE.

Ah diable !... attendez... j'ai le trousseau des clefs sur moi... il ne me quitte plus à présent. (*Il cherche*) Tenez, la voici.

MARIE.

Donnez.

CHARLES.

Quoi! vous allez vous exposer seule avec un pareil homme ?

MARIE.

Eh! qu'ai-je à craindre encore?

DUMONT.

N'importe, nous restons ici près, et s'il fait la moindre violence... un seul cri, c'en est fait de lui.

PIERRE.

Le plus essentiel est d'empêcher monsieur Roger et ses dragons d'approcher d'ici. Quant à moi qui ne suis pas du tout curieux de me trouver face à face avec ce vilain homme, je vais me mettre aux aguets, (*à part*) mais du côté de la porte qui conduit à la maison, parce que on ne sait pas.....

SCENE IX.

MARIE, *seule*.

Ah! mon fils! l'idée de te rendre ta mère digne de tes embrassemens, peut seule me donner le courage de supporter la vue de celui qui a causé tous mes malheurs, en l'engageant à profiter des généreuses intentions de Clémentine. Je lui arracherai les preuves de mon innocence.

(*Elle hésite et se décide à ouvrir la porte.*)

SCÈNE X.

MARIE, RÉMOND.

RÉMOND.

Que me veut-on?

MARIE.

Vous pouvez sortir.

RÉMOND, *apercevant Marie.*

Que vois-je!... ma femme!...

MARIE, *attend que Pierre soit hors de la vue du spectateur.*

Je conçois votre étonnement, vous ne souffrez qu'avec peine la vue de celle dont vous avez causé le malheur.

RÉMOND.

Est-ce pour m'adresser des reproches que je vous vois encore?

MARIE.

Vous n'entendez pas tous ceux que vous méritez.

RÉMOND.

C'est bien à vous à me parler de la sorte.

MARIE.

Grand dieu! n'était-ce donc pas assez qu'une fois, j'eusse porté la peine due à vos méchantes actions, vous voulez encore rejeter sur moi le plus noir des forfaits? Le ciel n'a pas permis un tel excès d'horreur.

RÉMOND.

Qu'est-ce à dire?

MARIE.

Les véritables assassins sont connus.

REMOND.

Connus!

MARIE.

Oui, et votre trouble en ce moment me prouve qu'on ne s'est point trompé.

RÉMOND, *froidement.*

Qui soupçonne-t-on?

MARIE.

Robert Macaire.

RÉMOND, *à part.*

Qu'entends-je!... (*haut.*) Allez, le piége est trop grossier; on veut, je le vois, profiter de ma situation, et troubler ma conscience...

MARIE.

Votre conscience!... ne vous reproche-t-elle jamais vos torts envers votre victime : la triste Marie! Ah! si vous avez souhaité de les réparer, saisissez l'occasion qui se présente; une fois en votre vie, montrez-vous généreux, au moins pour votre fils, pour ce fils digne d'un meilleur sort, et que votre infamie déshonore...

RÉMOND.

Marie!...

MARIE

Rendez-lui l'honneur, la tranquillité; donnez-lui la certitude que sa mère ne fut jamais indigne de sa tendresse.

RÉMOND.

Quoi! j'avouerais...

MARIE.

Ne craignez rien. Nous déroberons votre tête à l'échaffaud; oui, à l'échaffaud. Car, vous nieriez envain votre crime. Quand votre trouble ne vous trahirait pas, la clef de la chambre de monsieur Germeuil trouvée dans la vôtre.....

RÉMOND, *à part.*

Fâcheux incident! (*haut.*) Cette clef! eh bien!

MARIE.

N'est pas une preuve suffisante, je le sais; mais elle peut vous mener à de nouvelles découvertes qui vous perdront infailliblement. Evitez votre perte? Personne que moi ne sait ici que vous êtes le père de Charles : vos aveux ne peuvent donc le compromettre. Tout à l'heure on m'offrait les moyens de fuir; innocente, j'ai dû refuser; mais je puis obtenir la même faveur pour vous. Avouez votre crime, dénoncez votre complice, et votre liberté vous sera rendue.

RÉMOND.

Ma liberté! (*A part.*) Si c'était un piége!

MARIE.

Hésitez-vous?

RÉMOND.

Non.

MARIE.

Ah! je cours sur-le-champ près de Charles, et je vous promets d'obtenir....

RÉMOND.

Un moment... je préfère lui parler moi-même ici. Sait-il qu'il est mon fils?

MARIE.

Jusqu'à ce moment, je n'ai pu me résoudre à lui faire ce funeste aveu.

RÉMOND.

Je m'en charge.

MARIE.

Ah! comblez mes vœux, et je vous pardonne tous les tourmens que je vous dois.

RÉMOND.

C'est bon, c'est bon, je l'attends.

MARIE.

Grand dieu! fais pénétrer le repentir dans son ame.

(*Elle sort.*)

SCÈNE XI.

RÉMOND, *seul.*

Oui, cette circonstance imprévue peut amener à des recherches... alors je n'aurais plus à craindre seulement la prison... et ma tête!... tandis que le moyen offert me soustrait à toute poursuite... Mais Bertrand, ma foi, Bertrand paiera pour nous deux, c'est un parti pris.

SCENE XII.

RÉMOND, *assis*, BERTRAND, *au rez-de-chaussée du bâtiment à droite, à travers une fenêtre grillée.*

BERTRAND.

Ah! ah! cette fenêtre donne sur la cour!... (*Il secoue la grille.*) Ces barreaux tiennent... plus que la porte que j'ai décrochée... Il serait vraiment fâcheux de s'arrêter en si bon chemin!

SCENE XIII.

Les Mêmes, CHARLES,

CHARLES, *à Remond.*

Vous désirez me parler, m'a-t-on dit, que me voulez-vous?

BERTRAND, *à part.*

On parle... écoutons!...

RÉMOND, *à Charles.*

Ma demande a dû vous surprendre?

BERTRAND, *de même.*

Rémond libre avec Charles!

RÉMOND.

La prévention défavorable qu'inspire un homme que la fatalité seule, cependant...

CHARLES.

Ne cherchez point à vous justifier à mes yeux; je ne suis point votre juge.

RÉMOND

Dans un moment peut-être vous changerez de langage!...

CHARLES.

Moi!...

RÉMOND.

Oui, toi.

CHARLES.

Ce ton...

RÉMOND.

Me convient... Demeure... Ecoute, et songe que la vie de ta mère est dans mes mains.

CHARLES.

De ma mère!... (*à part.* Il me fait frémir!

BERTRAND, *à part.*

Que va-t-il lui dire?

RÉMOND, *il regarde.*

Personne ne peut nous entendre.

CHARLES.

Personne.

RÉMOND.

Ton intérêt personnel, celui de Marie, ma position fâcheuse, que seul tu peux changer, voilà ce qui m'a fait désirer ta vue.

CHARLES.

Expliquez-vous?

RÉMOND.

Tu connais l'accusation portée contre ta mère?...

CHARLES.

Elle n'est point coupable.

RÉMOND.

Elle sera condamnée.

CHARLES.

Malheureux !

RÉMOND.

Un homme seul peut la sauver.

CHARLES.

Qui ?

RÉMOND.

Son époux !

CHARLES.

Son époux !... Où est-il ?

RÉMOND.

Devant toi.

CHARLES.

Vous seriez...

RÉMOND.

Ton père !

CHARLES.

Dieux !

RÉMOND.

Eh bien ! qu'a-t-il donc ?

BERTRAND, *à part.*

Cette nouvelle ne paraît pas lui faire plaisir...

CHARLES, *se cachant la figure dans ses deux mains.*

Non, vous m'abusez...

RÉMOND.

Je t'abuse ? demande à Marie ?

CHARLES.

Ah ! chaque trait de lumière est un coup de foudre !... Partout autour de moi... le crime et l'ignominie... Ma mère soupçonnée d'un crime, et vous... vous, mon père... ma tête s'égare...

RÉMOND.

Ecoute ; le temps est précieux. Je ne demande point à ton cœur les sentimens d'un fils, pour un malheureux !... mais veux-tu m'aider à réparer mes torts envers ta mère ?

CHARLES.

Si je le veux !...

BERTRAND, *à part.*

Où veut-il en venir ?

RÉMOND.

Veux-tu m'aider dans l'exécution d'un projet qui dérobe ma tête au glaive, ta mère à l'opprobre, et tes jours à la honte et aux regrets ?

CHARLES.

Pouvez-vous en douter?

RÉMOND.

Ta promesse?

CHARLES.

Je vous la donne.

RÉMOND.

Elle me suffit. Je puis maintenant t'avouer que Marie n'est pas coupable.

CHARLES.

Je le savais.

RÉMOND.

Les auteurs du crime sont en effet...

CHARLES.

Ne me les nommez pas! au nom du ciel!...

RÉMOND.

Soit. Crois tu que nous passerons la nuit ici?

CHARLES.

L'escorte qui doit vous conduire n'arrive, dit-on, que demain.

RÉMOND, *indiquant la petite porte du fond.*

Il suffit. Cette porte ne donne t-elle pas sur la forêt?

CHARLES.

Oui!..

RÉMOND.

Il m'en faut d'abord la clef et celle de cette porte, (*il indique la porte de sa prison.*) Un cheval au bout de ce mur, à l'entrée du bois, à neuf heures. Là, j'irai te rejoindre et te remettre les détails écrits du meurtre de cette nuit. Le nom de l'assassin sur qui l'on doit trouver encore une partie de la somme.

BERTRAND, *à part.*

Ah! coquin. Je te devine!..

RÉMOND.

Je quitte alors pour jamais le pays, je rends Marie à la société désabusée, et le monde entier ignorera que ton père...

CHARLES, *l'interrompant.*

Je consens à tout.

BERTRAND, *à part.*

Il paraît que nous lui aurons tous des obligations.

CHARLES.

Si je me rends coupable, si les lois me condamnent, c'est à la nature à me justifier; pour vous, libre et loin de ces lieux, tâchez...

RÉMOND.

Les clefs ?

CHARLES.

Tout à l'heure, je vais vous envoyer des provisions, et je les cacherai dans un pain.

RÉMOND.

Et à neuf heures ?

CHARLES.

Oui, là au bout du mur.

RÉMOND.

Pour n'être pas reconnu... je voudrais...

CHARLES.

Un manteau...

RÉMOND.

Et des armes...

CHARLES.

Au fond du panier.

RÉMOND.

Et pour écrire ?

CHARLES.

Dans l'armoire du bâtiment, où vous êtes, vous trouverez tout ce qui vous sera nécessaire.

RÉMOND.

Bon, à l'heure précise.

CHARLES.

Précise.

(*Rémond rentre dans le pavillon. Charles l'enferme et se retire.*)

SCÈNE XIV.

BERTRAND, *seul.*

L'ai-je bien entendu ! ah ! monsieur Rémond, vous vous tirez d'embarras et vous y laissez vos amis ! doucement, s'il vous plaît !.. Nous verrons... d'abord il faudrait sortir d'ici... (*Il regarde.*) Cette trappe... un petit escalier... montons !.. (*Il paraît à la fenêtre du grenier.*) une corde... la poulie... (*Il regarde penché en dehors.*) personne !.. (*Il passe la corde à sa cuisse et se descend lui même.*)

SCÈNE XV.

PIERRE, BERTRAND, RÉMOND.

PIERRE, *parlant, à la cantonnade.*

Oh ! vraiment vous avez trop de bonté.

BERTRAND, *à part.*

Quelqu'un !.. fâcheux contre-temps !..

(*Il se blottit.*)

PIÉRRE, *entrant.*

Est-y bon, c'monsieur Charles... et pour qui encore !.. pour un vaurien !.. ah ! si c'était moi, j't'en donnerais, va, des manteaux, pour te garantir de la froid... et à manger encore... Monsieur Charles m'a donné là tout d'même une ben vilaine commission..... J'aurais ben refusé..... mais, dam' !..... il est l'maître..... « Fais c'que j' te dis, qui m'a dit... » c'est une raison ça... allons !.. Eh ben !.. Il n'm'a pas donné de clef... comment que j'vas faire... j'irai pas la lui demander puisqu'il vient d'sortir pour aller .. Ah! voyons donc... si j'pouvais par c'te fenêtre... j'serais pas fâché d'avoir c'te grille entre lui et moi... Voyons un peu : (*Il approche.*) dites-donc !.. êtes-vous là ?

RÉMOND, *en dedans.*

Qu'est-ce qui m'appelle ?

PIERRE, *surpris.*

Oh ! mon Dieu ! C'est moi, monsieur, ne vous dérangez pas, c'est monsieur Charles qui m'a dit de vous apporter...

RÉMOND.

C'est bon, c'est bon, donne.

PIERRE, *posant le panier à terre.*

Tenez, voilà d'abord... de quoi vous tenir chaud..! si vous avez froid...

(*Il passe le manteau à travers la grille.*)

BERTRAND, *s'approche du panier et cherche dedans, il aperçoit les armes, et un couteau.*)

Des armes !.. main basse là-dessus.

PIERRE, *se retourne et prend le panier Bertrand l'évite.*

Maintenant que vous avez de quoi vous couvrir, v'là de quoi vous restaurer.

(*Il lui passe le panier.*)

RÉMOND.

Bien... maintenant... va t'en.

PIERRE.

Merci, (*à part.*) je ne demande pas mieux... ah! ça, pourquoi donc, monsieur Charles n'a-t-il envoyé des provisions qu'à celui-là... il aura oublié l'autre.. ah ! ben ! ma foi, tant pis pour lui... S'il a faim... il peut ben attendre à demain ; car je n'ai pas envie de revenir. (*Il sort.*)

SCÈNE XVI.

BERTRAND, *seul.*

Ah! monsieur Rémond vous me croyez votre dupe!.. le traître!.. prenez donc des associés... il possède comme moi la moitié des 12,000 fr. Allons Bertrand, un coup digne de toi... C'est par cette porte qu'il doit sortir... un cheval l'attend... il est à moi... (*Il gagne le fond, monte sur le mur, et neuf heures sonnent.*) Neuf heures... nous y voilà.

(*Il disparaît.*)

SCENE XVII.

RÉMOND, BERTRAND, PIERRE.

RÉMOND, *ouvre la porte du bâtiment.*

Il m'a tenu parole, voilà bien les clefs... mais je n'ai pas trouvé les armes qu'il m'avait promis, (*il regarde partout.*) Tout paraît tranquille... partons! (*Il va au fond, ouvre la porte.*) Je suis sauvé!..

BERTRAND, *de l'autre côté du mur.*

Pas encore.

RÉMOND.

Qui es-tu?

BERTRAND.

Bertrand. (*On entend un bruit de gens qui semblent se battre.*) Tiens, lâche.

RÉMOND

Je suis blessé... (*Il rentre et vient tomber sur le banc du pavillon.*)

PIERRE, *accourant*

Qu'est-ce qui fait donc du bruit comme ça? (*Apercevant Rémond.*) Ah! notre prisonnier. (*On entend un coup de pistolet.*) Au secours! au secours!

SCÈNE XX ET DERNIÈRE.

TOUS LES PERSONNAGES, *des flambeaux.*

PIERRE, *qui s'est sauvé dans le grenier.*

Arrivez, arrivez, c'est de ce côté que vient le bruit.

(*Bertrand entre poursuivi par les dragons; il tire deux coups de pistolets sur eux; on l'arrête.*)

DUMONT.

Qu'y a-t-il?

PIERRE, *montrant Bertrand.*

C'est ce coquin là, qui vient d'assassiner ce coquin ci.

BERTRAND.

Je suis vengé!.. (*On relève Rémond.*)

CHARLES, *le reconnaît en arrivant.*

Que vois-je?

MARIE, *à part.*

Robert!..

ROGER.

Nos prisonniers!..

MARIE.

Des secours!..

RÉMOND.

Inutiles... Marie, le ciel vous a vengé... *(à Roger.)* Elle est innocente... celui qui m'a frappé est l'assassin de Germeuil... son complice c'est moi...

TOUS.

Ah!

CHARLES, *désespéré.*

Il est donc vrai... (*Rémond mettant le doigt sur sa bouche semble lui signifier de retenir sa douleur.*)

CLÉMENTINE, *avec explosion.*

Charles! votre mère est innocente!

RÉMOND, *tirant un papier de son sein.*

Lisez l'aveu de mes crimes, reprenez la moitié de la somme dérobée... l'autre moitié.

BERTRAND, *donnant l'autre moitié, qui est cachée dans ses souliers.*

Ah! mon dieu! la voilà je n'en ai plus besoin, je t'ai payé comptant, ça me suffit.

ROGER.

Entraînez ce misérable... (*On l'emmène.*)

RÉMOND.

Marie!.. Charles!. pardonnez-moi... je meurs...

CHARLES, *veut s'élancer sur Rémond, entraîné malgré lui, il va se découvrir.*

C'est mon...

MARIE, *vivement.*

Silence!.. Il n'existe plus!

FIN.

www.ingramcontent.com/pod-product-compliance
Lightning Source LLC
LaVergne TN
LVHW021708230826
846092LV00002BA/557

* 9 7 8 2 3 2 9 6 9 2 9 4 4 *